GOBOOKS
& SITAK
GROUP©

GOBOOKS
& SITAK
GROUP©

三日月書版

三日月書版

風花雪悅
illust
BSM
瞳の無い目
無瞳之眼
The last cry for help
輕世代 BL055
三日月書版

無瞳之眼

瞳の無い目

The last cry for help

CONTENTS

第七案　傀儡之家（下）　011

第八案　霧鎖松林（上）　177

THE LAST CRY FOR HELP

Character File 001

徐遙

PROFILE

十五歲父親意外亡故，跟隨母親移民美國，大學期間主攻犯罪心理學。

個性冷漠，但又常常幫忙李秩進行罪犯分析，有點外冷內熱。

神祕網路小說作家

「貝葉樹」

THE LAST CRY FOR HELP

Character File 002

李秩

PROFILE

富有正義感，對待工作非常認真，時常熬夜加班。
是「貝葉樹」的狂熱書迷，對徐遙有超越朋友的好感。

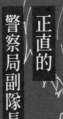

第七案　傀儡之家（下）

THE LAST CRY FOR HELP

「雖然是新開的連載，但這個警察系列的成績還不錯，而且得到了很多女性讀者的好評。評論都說這次的主角終於不是洞悉世間萬物的清冷高傲，而是一個有血有肉的人。有幾家影視公司對這個系列很有興趣，徐老師，這是他們開的條件，你看一下？」

翌日早上八點半，黃嘉麗就出現在徐遙家裡，她知道自己不上門的話，是不可能在九點前見到徐遙的——看他那放著咖啡杯的桌子，就知道他昨晚又熬夜寫作了。

「我無所謂，我相信妳的眼光。」徐遙對合作多年的黃嘉麗很信任，但他真的控制不住自己的呵欠連連。

徐遙拿出咖啡，想泡一杯提神，卻被黃嘉麗阻止了。她從包包裡撈出一個保溫罐，「就知道你要喝咖啡，都說多少次了，咖啡傷胃。來吃這個，剛熬好的南瓜粥！」

「……這應該是妳女兒吃剩的早餐吧？」徐遙嘴角挑起一個「早看穿了妳的把戲」的弧度，拿了一支湯匙舀粥吃。煮得綿軟的南瓜粥暖糊糊地滑下食道，徐遙忍不住滿足地「嗯」了一下。

「這代表你跟我那一歲半的女兒一樣不會照顧自己，要羞愧的人應該是你吧？」黃嘉麗選了一份來自視界工作室的合約，一條條讀給徐遙聽，「我覺得視界是最有誠意的……徐老師？」

只見才吃了兩口粥的徐遙趴在桌上，竟然睡著了。黃嘉麗好氣又好笑，這是把她念條約的聲音當成催眠曲了嗎？

氣歸氣，她還是去拿了一件外套幫他披上，把合約裡需要注意的細節用紅筆粗體標注出來後放在最顯眼的位置，又把南瓜粥封好放進冰箱，留了紙條才離開。

黃嘉麗從一個小小的實習生熬到了如今的資深編輯，徐遙是她最為重視的作者和朋友沒有之一。

看著他一個人過著這麼不健康的生活，她也很焦急，在那個孕婦受傷害的案子裡，她以為徐遙總算等到了一個李秩，但現在看來，他們也只是同事和普通朋友，這可真讓她深感可惜。

「唉，徐老師啊，你要是不需要別人，倒是把自己照顧好啊……」

黃嘉麗的這份心意無需言明，徐遙也銘感五內，不過他昨晚真的不是故意熬夜。尤其在耗費了巨大的心力去回憶追溯案件，還有和親近如家人的林森對峙後，他恨不得倒頭就睡，暫時躲開這些讓他心亂如麻的思緒。

可是在睡眠裡潛意識卻能造成百倍的反噬，徐遙被一次比一次猙獰可怕的惡夢嚇醒了好幾回，終於，在他看見自己一刀扎進父親的腹部時，他決定不再勉強入睡了，乾脆打開電腦，把這些憂怖都化作文字，把這種情緒轉嫁給書中的人物。

好像這樣就能忘卻血液淌過指掌的黏膩感。

「這血好像有點少。」

同樣早起的還有永安區警察局的人馬。早上七點，悅城二院的清潔工在樓梯間發現了精神科主任王志高的屍體，他渾身遍布刀傷，胸腹有多處傷口，倒在一片血泊中。

接獲報案後，李秩他們馬上趕到現場展開調查。

「中了那麼多刀，血都流光了，當然少啊。」現場血流了一地，王俊麟躡著腳步在樓梯防火門處張望，「扎那麼多刀，仇很深啊……」

「紅姐說的是流出來的血量少，」李秩蹲在血泊外圍，戴上手套碰了碰乾掉的血，「一個成年人的血量大概有四公升左右，失血百分之三十就可能引起休克，超過百分之五十就死了。可是現場這灘血看起來並沒有兩公升。」

「嗯？」王俊麟看了看，「對，如果是我們處理的那些小混混鬥毆案子，血早就流下樓梯了。這裡只有一灘，好像沒有很多血。」

「不知道死者是否患有其他疾病，不好判斷，他又有一定年紀，出血量也許會降低。」張紅摘下手套，「我把他帶回去進一步檢查，其他就交給你們了。」

「好，辛苦了。」李秩點點頭，和王俊麟往監控室走去。

「副隊長，你覺得有沒有可能是逃出來的精神病患幹的？」二院最出名的就是精神科，這裡的四五六七樓是一個精神病患者治療中心，曾經發生過幾次患者傷害醫護的案件，王俊麟的懷疑不無道理。

「你記得保全說那一層的監視器昨晚失靈了嗎？」李秩道，「如果還知道要把監視器弄壞再殺人，這個精神病也不是很嚴重吧？」

「那你去調大門的監視器錄影，是因為你覺得凶手是從外面進來的？」

李秩搖頭，「我也不知道，但是既然案發現場的血量不多，那這裡就有可能不是案發現場，死者是被轉移過來的。王志高那麼高大，沒有車輛很難運送。」

「可是不是核對過了嗎？所有醫護人員都有不在場證明，值班的醫護人員都沒有落單過。」

「但如果這裡不是案發現場，而是凶手殺人以後把屍體搬過來的，若是他棄屍以後再去打卡值班，那落單與否就沒有意義了。」說話間，兩人來到了大門的警衛室，除了監視器的錄影，還把電子識別卡的記錄也下載了一份。

「咦？」李秩掃了一眼車輛資料卡，「這個時間的記錄和車輛資料卡對不上啊……」

「嗯？」王俊麟轉過頭去。原來在晚上十一點，刷識別卡進入醫院的人是白源鋒，但是那時候開進來的車是屬於另一個醫生的，「借同事的車開一下也不奇怪吧？」

「奇不奇怪，問過才知道，走吧。」

「三號床的巴比妥可以減半了，四號床一個小時後再量一次體溫……」

「白醫生，打擾一下。」

王志高遭逢意外，白源鋒正忙著向幾個實習醫生吩咐工作，李秩便過來了，「就耽誤你幾分鐘。」

「你們先去工作吧。」白源鋒讓實習醫生們解散，才走到一邊去和李秩說話，「李警官，王主任他……」

「我們正在調查，但是想確認一下，為什麼你昨天過來值班時開的是你同事的車？」李秩問道，「你自己的車呢？」

「我的車壞了送修，這幾天都很忙，沒時間去領，昨天就借了不用值班的同事的車。」白源鋒深深地嘆了口氣，「王主任怎麼會死呢……他也沒有得罪什麼人啊……」

李秩略低了低頭以示同情，接著又問：「我記得你是昨天最後一個見過王志高的人，又是他的得意門生，他有沒有告訴你他要去哪裡，或者要見什麼人？」

「沒有，王主任性格沉靜，休息時間都在家裡畫畫，很少聽他說有什麼朋友……」

白源鋒猶豫了一下，李秩插了一句：「那林森教授呢？」

「林老師？」白源鋒一愣，也對，以林森跟王志高的身分，警察知道他們是同學一點也不奇怪，「他們當然是朋友了，但是王主任也沒有提過他跟林老師的交情。」

「副隊長！」王俊麟小跑著過來，「剛剛鑑識組的同事說，已經成功還原監視器影像了！」

白源鋒聽到這句話時臉色一沉，連眼神都暗了下去，李秩附耳過去聽王俊麟說悄悄話，眼睛一轉，向白源鋒投去懷疑的目光。

「我、我沒有殺人！」白源鋒一慌，「我只是去辦公室找檔案，前後不到五分鐘，而且楊護士就在門口站著，我絕對沒有去過樓梯間！」

「白醫生，我沒說你去樓梯間了啊。」李秩笑笑，「王警官只是告訴我，還原了的影像也還是一片雜訊，什麼都沒有。」

作為一個主攻心理學的醫生，白源鋒沒想到自己會被這麼簡單的招數騙到，果然事到臨頭，一切技巧都是白搭，經驗才是決勝關鍵。他深呼吸一口氣，做了個「我認輸」的表情，「我真的就只是在辦公室裡找東西，我沒有去過樓梯間。」

「監視器是你弄壞的？」李秩接過王俊麟拿過來的一個小型干擾器，「在那層樓的監視器鏡頭下找到的。」

「不，我沒裝過這種東西。」

「那你到那一層的辦公室找什麼呢？」李秩看了看樓層分布表，「那一層只有王志高的主任辦公室。」

「……我可以告訴你，但我需要一個人陪同。」

李秩做個「請便」的手勢，「你當然可以請律師，但我們何必耗那時間呢……」

白源鋒盯著李秩的眼睛，「我要見徐遙。」

這次輪到李秩臉色不善了。

不知道王志高的冤魂是否在冥冥之中在凝視著徐遙，這個回籠覺睡得一點也不舒服。他趴在桌子上，血液循環不良，更加重了夢魘的不適。那些零散碎裂的證據成了一葉葉在空中旋轉的刀片，緊緊圍繞著他，逐漸縮小包圍圈，劃出一道道鮮紅的裂口。

徐遙慌亂地揮動雙手，想驅散這些鋒利的襲擊，但只換來更深更多的傷口。

逃吧，逃跑，只要盡全力逃，它們就追不上我了。

徐遙的腳卻一動也不動。

不，我不能逃，要是逃了，它們會永遠追在我身後，從此我就只能永不停息地逃。

地面忽然晃動了起來，裂開了一條縫，徐遙「嗖」地掉了下去——跌回了現實之中。

徐遙驚醒，被壓著的手臂完全麻了，剛坐起身便感到一陣腫酸刺痛——想必是這種感覺讓他做了刀片割手的惡夢。

把他從惡夢中喚醒的是桌面上震動的手機，徐遙強忍刺麻的痛楚，伸手按了接聽，「李秩，怎麼了？」

「徐遙，你認識白源鋒嗎？」白源鋒暫時被關在醫院辦公室裡，李秩到走廊上打電話給他。

徐遙詫異，「認識，他是我在美國讀書時認識的朋友……怎麼了？」

「那王志高你也認識吧，當年在你父親手下做研究的那個王志高。」李秩覺得事情越來越不對勁，「今天上午，他被發現死在悅城二院的樓梯間。」

「什麼?!」徐遙跳了起來，「高哥？我昨天才見過他！」

「昨天？」李秩也吃了一驚，「你先過來二院，白源鋒說有些話他要等到你來了才肯說。」

「為什麼要等我來才說……他是嫌疑人？」徐遙瞪大了眼睛，「這到底……我馬上過去！」

徐遙很快就趕到了二院，候診大廳裡充斥著對這起案件的竊竊私語，但他無暇打探，徑直往三樓走。案發地點就在三樓的樓梯間，該處暫時封閉了，正在協助盤查住院病人不在場證明的基層員警不認得他，正要把他攔下，就被王俊麟阻止了。

「那是我們的顧問徐老師，可厲害了，讓他進讓他進！」

「顧問？我以為退休的老警察才會回來當顧問？」

「是編制外的，是我們副隊長好不容易才挖來的專家！」

免費的編制外顧問專家徐遙匆匆趕到了被暫時當成偵訊室的會客室，一推門就看見李秩靠在門邊的書架上，抱著手臂看著白源鋒。而白源鋒坐在沙發上也並不放鬆，緊靠椅背，兩腿交疊，雙手交握略用力地壓在膝蓋上，完全是防備的姿態。

兩人的目光像聚光燈一樣同時轉向徐遙，徐遙一愣，轉頭問李秩：「到底發生了什麼事？」

「王志高死了，詳細情況待會再說，」李秩往白源鋒的方向抬了抬下巴，「昨天案晚上，白醫生在這層樓出現過。這一層就只有王志高的辦公室、藥品庫跟會客室，沒有病房。」

「醫生去藥品庫很正常啊？」徐遙直覺還有其他的疑點，「拍到了他和高哥見面？」

「問題就是沒拍到，」李秩淺淺地從鼻端呼了一道氣，「昨晚三樓的監視器被干擾器弄壞了，沒拍到任何畫面。在我們詢問不在場證明的時候，他說自己整晚都沒有離開住院區，一直有人作陪。可是我設了個圈套，才發現他那時候來過這層樓，還進了王志高的辦公室……」

「徐遙，你可以證明我為什麼要進王主任的辦公室。」白源鋒等李秩交代完了才開口說話，他的聲音沉穩有力，還帶著一點權威的壓迫。他認定徐遙在這些警察心中具有威信，只要他說自己是清白的，李秩一定會馬上自認搞錯了，就狐假虎威了起來。

徐遙皺了皺眉，他問：「是因為孫皓的報告？」

白源鋒一愣，姿勢都散了開來，他坐直了身體，兩手壓到桌上，稍稍向前傾。他以為徐遙一定不願意讓這件事曝光，才會要求他到場，沒想到徐遙直接在李秩面前說開了。

「沒關係，他知道我的事。」徐遙言簡意賅地帶過，他讓李秩過來，和他一起坐在白源鋒的對面，「老白，為什麼孫皓的報告會在這裡？精神鑑定不是你做的嗎？」

白源鋒的目光在兩人之間逡巡一下，認命地撇了撇嘴，「還不是因為你騙孫皓說可以幫他弄成精神障礙，求情減刑？他向律師說他在做精神鑑定的時候有第三者在場，那第三者還是捉他的那個人，也就是你，這影響了他的表現，要求重做。王主任還因為這事數落了我一頓。」

李秩聽得一頭霧水，詫異地看向徐遙，「什麼催眠？什麼減刑？」

「之後再跟你解釋。」徐遙接著問，「你叫我一定要過來才願意說的就是這件事？」

白源鋒無奈地聳聳肩，「我哪知道你們已經無話不說了呢？」

這個「無話不說」沒有什麼曖昧的含意，但就是讓李秩產生了不想否認但也不能承認的困窘。他揉了揉鼻尖，而徐遙也略尷尬地乾咳了一下，「李警官，可不可以讓我們單獨說幾句話？」

「嗯，我到隔壁辦公室等你。」李秩點頭，起身離開。

李秩一離開，白源鋒就朝徐遙埋怨道，「交男朋友也不告訴我，搞得我像個嫌犯！」

「我跟他不是……」

「算了吧。」白源鋒翻個「大家都懂就別打哈哈了」的白眼，「為什麼你託我找孫皓的精神報告？他不是已經……」

「我現在不想知道他在我的意識裡找到了什麼，而是想在他的意識裡找一些東西。」一些能證明林森是清白還是罪惡的線索。

「……你找到了殺死王主任的凶手，我再告訴你。」白源鋒卻道，「畢竟現在我也變成嫌犯了，只有找到真凶才能證明我是無辜的。」

徐遙哭笑不得，「老白，別玩了。」

「我沒跟你玩，不信你去王主任的辦公室搜，他還沒來得及把報告寫下來呢。重新做鑑定那天的助理只有我，所以只有我聽到了全部的內容。」白源鋒的嘴角彎起了彷彿是報復的笑，「誰教你剛剛進來先跟李秩說話，還說了那麼久？」

徐遙辯白，「他是警察啊！」

「算了吧，尋求幫助時第一時間就看向某個人，你比我清楚這意味著什麼。」白源鋒做了個「請」的手勢，「去吧，人家在等你。」

儘管知道白源鋒是一時惡作劇，也不至於真的拿命案當籌碼，但徐遙還是被噎得一口氣出不來，只能憋紅了臉，悻悻地起身離開。

白源鋒看著徐遙關上門，長長地嘆了口氣，他在心裡也對自己說了句「算了吧」。

徐遙來到走廊盡頭的王志高的辦公室，李秩在等他的時候已經開始向現場的鑑識組的人詢問了。徐遙沒戴手套，便兩手插進口袋以免碰到證物。

「為什麼到這裡採集？」徐遙還沒來得及問細節，「案發現場不是樓梯間嗎？」

「樓梯間已經檢查過了，而且我們懷疑那裡不是案發現場，」李秩解釋道，「儘管王志高看起來是身中多刀失血而亡，但是現場遺留的血量有點少，也沒有中刀掙扎時留下的濺落血跡……小錢，麻煩把相機借我一下。」

李秩從鑑識組的小錢手裡拿過相機，把樓梯間的照片調出來給徐遙看，「你看，血是這樣一灘的，很平整，其他地方都沒有打鬥掙扎留下的血跡。除非是一刀斃命，王志高馬上就倒地死亡，隨後凶手才補刀；可是如果是這樣，凶手肯定會踩到血跡，留下腳印。」

「後背正中央也中了好幾刀，」徐遙翻看照片，昨天才重遇的故人，今天卻成了真正的故人，他第一次產生了不忍細看的悲戚，「那應該不是自殺留下的試驗傷。」

在一些自殺案件中，有的死者看起來身中多刀、慘不忍睹，讓人完全無法聯想到自殺。但其實自殺的人往往不能做到一刀殺死自己，會留下好多處試驗傷。徐遙在美國曾經讀過一個案例，一個男人在飯店房間裡先用水果刀捅了腹部三刀，又用頭撞向鏡子，還是沒有死。疼痛讓他大喊大叫，怒吼著衝出房間，打破消防栓取出斧頭往自己頭上砍了一刀，最後還跑到了飯店大廳，腎上腺素才終於消磨殆盡，轟然倒下。還好飯店監視器拍下了這一切，不然光看屍體，誰也想不到一個人會對自己那麼狠——

至於衍生了酒店鬧鬼、會附身索命讓人自殺的都市傳說，那就不是警察的問題了。

「副隊長，這裡的檔案要拿回去嗎？」隊員指著滿櫃的文件問道。

那都是些專業的精神科研究專案，就算拿回去他們也看不出什麼來，但李秩想起白源鋒說的話，「有沒有跟孫皓有關的文件？」

隊員搖頭，「看檔案標題沒有。」

「拿回去吧，」李秩看向徐遙，「徐遙，能麻煩你幫忙看這些檔案嗎？只有你看得懂了。」

徐遙知道李秩是給他一個光明正大的理由去看這些本該保密的病人資料，他點點頭，「好，那麻煩你在警局裡找一個小房間給我，讓我專心看。」

「好，」李秩吩咐隊員們，「檔案都帶走，電腦裡的也拷貝一份，回局裡研究。」

「是，副隊長。」

證物都往警局搬，李秩則和徐遙一起到法醫室去找張紅。

樓梯間到底是不是第一案發現場，對這個案件的調查方向起著關鍵作用，李秩一見張紅便問道：「紅姐，血量的問題有答案了嗎？」

「我的直覺沒錯，真的有問題，你看。」張紅對跟在李秩身後的徐遙見怪不怪了，她把手術燈抬高了些，讓兩人看清楚王志高裸裎的胸口，胸口上有一道粗厚的縫合線。

徐遙站在離解剖臺稍遠的地方，王志高蒼白如紙的臉色和乾枯凋敗的臉容讓他感覺這個人很陌生，既不是他記憶中的高個子大哥哥，也不是那天穩重禮貌卻有些疏離的專家前輩。他就是一個陌生的被害人，跟其他案件的死者一樣，被剝奪了生命，留下傷心的家人和未了的遺憾，就這樣死去了的人。

死不瞑目的人。

「這是什麼？」李秩在鎖骨和和心臟附近的皮膚發現了三個很細很細的針眼，「針孔？」

「沒錯，是針孔，」張紅讓小阮拿來一個裝有內臟的密封盒，防腐液體裡赫然可見一顆心臟，卻和李秩見過的所有真實心臟、標本心臟甚至心臟圖片都不同──那是一顆灰白色的心臟！

「就算是失血過多死亡，也不可能變成這樣啊！」

李秩瞪大了眼睛，背後卻傳來了徐遙冷淡的話語，「抽血。」

「是，死者是被抽過血的。」張紅看看徐遙，他終於靠近了一點，「儘管他中了那麼多刀，但是刀口全都是平整的，說明都是死後才補上的，他失血而死，是因為被人抽乾了血。我猜測他是被人下藥迷暈了，然後被人抽乾血液死亡，再運到二院樓梯間，凶手補刀的時候他已經流不出血了，所以現場也沒有血腳印，凶手補完刀，再把抽出來的血倒在樓梯間，所以血泊才會那麼完整，沒有打鬥掙扎的痕跡。」

「要把一個人的血液抽乾應該很難吧？」李秩皺眉，「常常有人根本抽不出血，就算是普通人，抽到一定程度，也會因為體內血液減少壓力改變，很難真的把全部血液抽乾吧？」

「不需要全部抽乾，抽掉一半，人就死定了，而身體也很難再出血了。」徐遙解釋道，「這些針口位置不是隨機的吧？」

「還是你懂。」張紅對李秩拋了個「繼續加油」的眼神，「這是上腔靜脈，這是頭臂靜脈，這是鎖骨靜脈，都是大靜脈，負責把血液送回心臟的。在這些地方抽血，血液回不到心臟，很快心臟就會因為缺血而停止跳動；而且從靜脈抽血，血液就不會噴濺。這凶手非常專業，應該有醫學或者解剖學的知識背景。」

李秩不解，「為什麼選擇那麼麻煩的殺人方法？如果說把血抽乾是因為怕血液噴濺留下證據暴露身分，那為什麼要把人運回二院？拋棄在野外，血液一灑之後就會被泥土吸收，誰也看不出來血量的問題。」

「凶手利用專業知識殺人，也利用專業而麻煩的方法轉移屍體，隱瞞案發地點，卻想不到最簡單的拋屍野外，說明犯罪的人是個高智商但缺乏社會經驗的人。他自視甚高但有輕微的情感障礙，如果給他看社會新聞，他第一時間並不是同情受害者，而是嘲笑加害者『如果是我殺人一定不會被捉到』的那種人。」徐遙腦海中浮現出凶手一邊冷靜地戴上塑膠手套一邊打量昏迷的王志高，準備往他身上扎針的畫面，「他之所以把屍體運回二院，是因為這是對他最有利的地方。」

「什麼？」李秩不解，「怎麼有利？我查過了，那天出入的車輛，都是回來值班的醫護……嗯？」

不對，他不是已經想過這個可能性了嗎？

之前的懷疑得到了實證，李秩腦中無比清晰地浮現出了一個穿白色衣服的人，他看不清對方的臉和身形、甚至是性別，但是他清晰地看到了對方嘴角那抹嘲笑，嘲笑那些忙碌著查證每個人不在場證明的警察。

「凶手就是那天值班的醫護人員，對方正大光明地開車進二院，把王志高棄屍在三樓樓梯間，然後打卡上班，一直和別人一起工作，這樣無論什麼時候發現屍體，他都有不在場證明。」徐遙捉住李秩的手，「這是一個高智商的反社會醫學精英。」

鎖定了調查範圍，當天所有開車上班的醫護人員都被帶回警局輪番訊問。徐遙則躲在一間小小的辦公室裡，快速地閱讀那三大箱的醫學檔案。

王志高不僅是悅城二院精神科的主任，還協助刑事案件的相關人員進行精神鑑定。這年頭的律師打刑事訴訟，第一時間就是要求做精神鑑定，這裡頭有一半的檔案都是犯罪嫌疑人的精神鑑定。

情理上來說，那些被鑑定為無精神疾病的犯人，都跟王志高有仇，雖然那些人都已經入監服刑，但與他們有強烈精神依戀的人說不定會做出報復行為。不管機率有多低，徐遙都不敢放過，他每一份都認真地翻看，也不知道過了幾個小時，才被敲門聲打斷了閱讀。

李秩踏進來，徐遙抬頭，看見他捧著兩盒便當，才發現已經到午飯時間了。

「今天員工餐廳沒有做番茄炒蛋，但梅乾扣肉餅也很不錯，你試試。」李秩打開便當，飯菜的香味讓徐遙放下了資料夾，接過筷子，「所有的人都問過了，但是沒有人承認，暫時也抓不出什麼破綻。」

「那是個能冷靜地把別人的血抽光的人，沒有確鑿證據，他是不會表現出什麼異樣的。」

徐遙把肉餅搗碎，和米飯混在一起吃，李秩想起他吃番茄炒蛋也是因為能拌飯吃，心想他的口味像個小孩子，不能吃沒有味道的白米飯。

這麼盯著別人吃飯有點唐突，李秩也打開自己的便當，邊吃便說，「可是，排除那些經常和我們打交道的人，比如律師，或是見識過大風大浪的政商名流，一般人被帶到警局當作嫌疑人訊問的話，情緒一定是異常的，緊張、膽怯、憤怒、慌張，我還見過明明是清白卻嚇得抽搐暈倒的，所以其實那些『沒有異常』的人才是最值得懷疑的人。」

「嗯？」徐遙當然知道這個，但他沒有打斷李秩的「班門弄斧」，他微微彎著嘴角看他，「那你是找到了沒有異常的人？」

「有兩個人是真的很冷靜，而有一個是表現得很冷靜。」李秩道，「真的很冷靜的一個叫駱飛揚，二十四歲的男性實習醫生；一個叫楊綠，三十六歲的女性護士長；表現得很冷靜的那個叫文守清，二十三歲，也是男性實習醫生；待會我給你看他們的筆錄。」

「好。」

徐遙簡短地回答了一個字，兩人就埋頭吃飯。李秩習慣了快速吃完飯上工，徐遙才吃一半他就吃完了。他瞄到了桌上放著的檔案，隨手拿起一份貼了彩色標籤的，卻見日期是二〇〇八至二〇一〇，檔案名字叫《彩虹計畫》。

李秩翻開檔案看內容，原來這是一個研究色彩對性格影響的實驗。在那兩年裡，王志高和一家名叫「彩虹小園」的育幼院合作，想要利用色彩理論對這些孤兒進行心理輔導，幫助他們擺脫被遺棄的心理陰影。李秩看到，那些參與計畫的孩子，一開始只會用單一色彩去作畫，通常還是灰暗的黑色棕色，圖畫結構混亂，看不出什麼主題，但就是給人不舒服的感覺；但後來，他們的畫中出現了更多的色彩，對色彩的選擇逐漸趨向明豔，圖畫慢慢出現布局，大概能看出來畫的是到底是什麼，就跟平常幼稚園裡看到的那些畫差不多的感覺。

心理學真是一門偉大的學問，李秩不禁感嘆，「這麼好的計畫為什麼不推廣啊？」

「嗯？」徐遙抬頭，看見了他手上的檔案，「李秩同學，教你一個最簡單的辨別心理學報告是否作假的技巧。心理學的實驗不可能都這麼成功的，假設有十個孩子參與，不可能十個孩子全是正面回饋。遞交的報告要是只有正向的例子，代表是假的，至少是不全面的資料。」

「啊?!」李秩趕忙翻了翻後面，確實有標明只有百分之四十的孩子得到改善，其他孩子收效甚微，「才四成的有效率？」難怪得不到推廣。

「治心理的病比治身體的病難多了，四成很不錯了。」

「咦？蘇旅？」李秩翻到後面，看到了一個熟悉的名字，「怎麼他也在這個計畫裡？」

「不奇怪，他所畫的畫都帶著強烈的心理影響力，」徐遙忘不了「旅人」畫廊裡那些讓人沉浸於往事的畫作，「我也猜測過他有接觸過心理學，這下得到答案了。不過，我倒是沒想到他的畫風那麼狂傲，居然是個對孩子有愛心的人。」

「紅姐說過他也是孤兒，」因此蘇旅的聯絡人那一欄只有張紅的名字，李秩嘆口氣，「如果不是紅姐，也許就連幫他報失蹤的人都沒有了。」

「……哦。」徐遙似乎不太習慣聽別人的私事，他放下筷子，扭開礦泉水瓶蓋喝水。

「我們去王志高的家裡看一下吧？」李秩遞給他一包紙巾擦嘴，「說不定能找到他和那三個人有沒有利益或者情感的衝突，甚至可能發現真正的案發現場。」

「去是要去的，不過……」徐遙抹了抹唇，飯菜的油膩映得他嘴唇亮晶晶的，「我覺得那裡不會是案發現場。」

「怎麼說？」

「正面論述有點難，我反著說吧。」徐遙真的很適合當老師，他拿起桌子上的一支筆和兩個檔案夾就做起了示範，把筆放在一個黃色的資料夾上，「這支筆是王志高，而你是凶手。這兩個資料夾分別是他家和你家，如果王志高死在你家，我肯定會查你，於是你才會費那麼大的力氣把屍體轉移到了二院樓梯間；但如果王志高死在自己家，雖然也會被查出是他殺，但是只要沒有線索引導，我也找不到你家去。你覺得把屍體搬走，和把自己的痕跡抹掉，哪個更方便呢？」

「肯定是把自己的痕跡抹掉方便，雖然可能會有遺漏，但是如果凶手真的在那幾個醫護人員之中，只要說自己曾去過他家所以落下了指紋毛髮就行了，用不著搬動屍體那麼麻煩。」李秩明白過來了，「所以案件是發生在一個能夠直接暴露出凶手身分的地方，導致凶手不得不轉移屍體！」

「至少是一個能提供身分資訊的地方。」徐遙點點頭，「不過分析了那麼多，也還是要走一趟……」

「不是推理到了線索才去找，而是找到了線索才能進行推理！」李秩迅速接下一句，「在你新的探案系列裡，警察楊帆最喜歡的座右銘就是這句！」

「……我說，你真的把每本書的內容都背下來了嗎？」

「怎麼可能全背下來，但是抄過的部分總會有印象的嘛。」

「你還抄節錄?!」

王志高和林森是同屆同期，但不像林森那樣孤家寡人、耐著寂寞在學術中潛行，王志高過得更融入世俗一些，有一份前景明亮的優渥職業，也有組成一個有老婆和兒子的美滿家庭。

但這些美好的過去把現狀反襯得更加悲慘，王志高的太太王詠月打開門的時候，徐遙有一種想要躲在李秩身後的衝動——王志高有跟太太說起過他嗎？如果有，她會不會覺得他是個不祥之人，王志高一重遇他就被他害死了？

「副隊長，你們來了？」王詠月早上才從警察局回來，這時眼睛仍然很紅，彷彿眼淚沒有止住過，可是她一見是警察就開了門讓他們進屋，態度很積極，「要找什麼證據嗎？你們隨便搜，你們要問他的還是我的事？小雷還在學校，要不要我去把他接回來讓你們一起問問？」

「沒事的，王太太，妳保重身體。」李秩也見過類似的家屬，外表一副看透世事堅強硬朗的模樣，但緊繃著的精神不知道什麼時候就會斷裂、整個人崩潰，李秩讓她坐下說話，「王醫生的事情我們已經在調查了，妳要好好照顧好自己和孩子。」

「……對不起，我就是，就是沒辦法讓自己閒下來，我一閒下來就哭，我還沒有跟孩子說……」王詠月兩手掩面，覆住了嘴巴和鼻子，眼淚從指縫裡滑了下來，「對不起，我去洗把臉！」

「妳慢點，不用急！」王詠月衝向洗手間，李秩只能向著她的背影喊了一句叮囑。

「早知道就把魏曉萌帶來。」徐遙拍拍李秩道，「你一點用也沒有。」

李秩哭笑不得，「你不也一樣，一句安慰的話也說不出來嗎？還取笑我？」

「我不說話是為了專心觀察，我的任務完成了；而你專心說話也沒安慰到別人，任務沒完成，所以沒用的是你。」

徐遙抬著一雙無辜的狗狗眼說刻薄話，李秩不知道他到底是在開玩笑還是在挖苦，只能無奈地默認了這「沒用」的標籤，「好的好的，徐大教授，那請問你觀察出什麼結果了嗎？」

「這個王志高和我二十年前認識的王志高判若兩人。」徐遙指了指隨處可見的藝術品，大多數是畫作，也有一些手工藝品，「從前他是個運動健將，有什麼煩心的事情寧可跑二十圈操場也不願意跟師長同學、也就是我父親或者森哥他們說半句。可是現在這屋子裡已經沒有一點熱愛運動的痕跡了，你看。」

徐遙來到一面展示牆櫃前，與很多有小孩的家庭一樣，架上擺放著小孩子得到的各種獎勵，在一眾少年兒童書畫獎狀中夾雜了幾張王志高的獎項，同樣是書畫比賽。

「就算他因為年紀大了轉而用藝術減壓，但是撫養孩子的方法是不會變的，他的孩子好像是受了他的感染一樣。一個人的性格從活潑外向變成沉靜內向，還是發生在二十歲以後，這真的很不常見……」

「不好意思，我失禮了。」

說話間，平復了心情的王詠月走回客廳來，「我帶你們到志高的書房去吧，也許會有你們想找的東西。」

「謝謝你。」李秩點頭，隨她走到一扇上鎖的房門前。

王詠月從玄關的櫃子裡取出鑰匙開門，李秩看似隨口地問道，「你們真是書畫傳家，孩子也是個小畫家。」

「也不是，志高本來喜歡打籃球，但是後來跌斷了腿，康復後也有心理陰影，才學起了畫畫。」王詠月打開門，「請進。」

這是一個普通的中年男人的工作室，原木色的大書櫃和同色電腦桌上擺滿了檔案，但有一處第一時間吸引了所有人的目光——距離窗戶最遠的房間角落放著一支畫架，上面立著還沒完成的一幅素描。牆角靠著一張大桌子，堆著幾大疊完整畫作，各自以薄宣紙間隔，張數還不少，看來是還沒有時間送去裝裱。

「這都是高哥畫的？」徐遙有點驚訝，他走過去數了數，起碼有三四十幅，「看起來不像……」

「有的是他畫的，有的是他買的，有的是朋友送的，他這十幾年裡唯一的愛好就是畫畫，但房子就這麼大，也沒地方掛，只能一直堆在這裡。」王詠月說著說著，彷彿又看見了老公在房間裡作畫的身影。她深呼吸一口氣忍住淚水，說了句「你們慢慢看」便退了出去。

李秩和徐遙不約而同地嘆了口氣，接著整理心情，專注調查。

徐遙小心翼翼地一張張翻看著那疊畫，李秩湊過去看，正好看見一張灰色調的畫，他猶豫道，「我不是很懂畫，但是這個畫風好像很眼熟……」

李秩說的那幅畫，畫面上是一個提著煤油燈在濃霧裡行走的人，那人穿著灰色的斗篷，兜帽遮住了臉，分不出男女。相比起那微弱的燈光，彷彿和霧氣融為一體的斗篷更為奪目，好像隨時會幻化為濃霧的一部分，捲住這個面目模糊的人，吞噬那最後一點的希望之光。整幅畫都散發著讓人提心吊膽的氣息，讓人擔心燈火會隨時熄滅。

「毀滅一切的狂傲對吧？」徐遙點點頭，「你的感覺沒錯，這是蘇旅畫的。」

「你怎麼確定？」李秩道，「也許是王志高臨摹的，像裘飛飛那樣？」

「不可能連簽名都臨摹下來吧？」徐遙指了指那煤油燈提手上幾不可見，可一旦發現就不能再忽視的一抹銀白，初時以為是煤油燈的金屬燈罩反光，細看卻是蘇旅的簽名「Voyager.S」。

「我總覺得這個蘇旅不只是一個義工畫家那麼簡單。這是塔羅裡的『隱士』，你送我的生日禮物『命運之輪』也是蘇旅畫的……李秩，你幫我一下。」

「嗯，你要我做什麼？」

「二十二張塔羅牌你都認得嗎？」徐遙就不說「大阿爾克那牌」那麼複雜了，反正普通人在影視、動漫、小說中看到的也只有那二十二張牌，「找找看這幾疊畫裡有沒有其他塔羅牌主題的？」

「沒問題，《天占》我倒背如流！」李秩胸有成竹，「要不要把小阿爾克那牌的也找出來？」

「……」徐遙忘了，這位不是普通人，而是他的頭號書迷。

戰車，正義，審判，國王，力量……一張張色彩濃烈，意態張狂的畫，被李秩和徐遙從沉寂的畫堆裡翻了出來，一共二十張塔羅主題的油畫，全都出自蘇旅的手筆。

這些畫單獨看的時候，明明讓人感到桀驁狂放，然而一同出現時，卻微妙地呈現出了一種鬧中生寂的恬淡，就像你坐在咖啡廳裡，明明耳中充滿了店內的音樂聲，人們的交談聲，甚至是街上車水馬龍的聲音，卻感覺非常舒服，能夠攤開一本書慢慢地看下去的平靜。

「除了命運之輪，還少了一張，」塔羅牌都有羅馬數字的編號，李秩按順序把畫排好，發現少了「六」，「第六張牌是……」

「戀人。」徐遙皺著眉頭打量這幾張畫，「奇怪，他畫的是馬賽牌的牌面……」

李秩不解，「什麼是馬賽牌？」

「塔羅也分幾個派系。現在最通用的塔羅牌是韋特塔羅的派系，是一個叫 A. E. Rider 的『黃金曙光』成員設計的，」徐遙指著第一張，編號為零的塔羅畫「愚者」道，「『黃金曙光』是西方一個很有名的塔羅社團，你可以想成韋特塔羅就是我們中國武俠小說裡的少林，而武當派則是另外一位『黃金曙光』的成員托特設計的派系，叫托特塔羅牌。這兩者的區別不是特別大，只是托特牌的圖案更抽象，不太適合用於占卜，多數占星師都用托特牌進行個人靈修。」

李秩笑道，「那馬賽牌呢，難道是峨眉嗎？」

「……你這樣說好像還有點道理。」徐遙一愣，李秩當然是開玩笑的，但女性化的特徵還真的微妙地和最古老的塔羅牌派系馬賽牌呼應了，「馬賽牌是最古老最原始的塔羅牌圖案，現在已經不怎麼用了，世界上僅存一副完整的牌，大英博物館徵求了收藏者的允許後複刻了一份收藏在館裡，是非常少見的牌。」

「它跟韋特和托特的差別很大嗎？」李秩也仔細看起了愚者，「你怎麼一下子就認出來了？」

「馬賽牌的牌面故事更加女性化一些，」徐遙指著肩挑一根竹竿包袱，快樂地昂首闊步前行的「愚者」，和在他腳邊咬他褲腳的狗，「韋特和托特都把愚者畫成行走在懸崖邊上的小丑，我個人感覺他們的寓意是滿懷天然純真的人只顧盲目樂觀，總會掉下深淵，但馬賽牌卻畫了一條狗咬著他的褲腳，試圖把他拉回來。」

李秩想了想平日看見的塔羅牌，的確如此，「馬賽牌的設計者比較善良？」

「也不全是，」徐遙敲了敲五和七之間空白的位置，「這張戀人，在現在的塔羅圖案裡都是伊甸園裡的亞當夏娃互相對視，相當溫馨，也體現了宗教意義；但是在馬賽牌裡，是一個穿著紅色斗篷的少年，站在兩個少女之間，丘比特拉著箭在空中徘徊。」

李秩失笑，「還真的是女性視角，就算是在戀愛之中，也會擔心情敵出現。」

「所以這張戀人去哪裡了？」徐遙看了看門外，確保王詠月沒聽見他們說話，「在另一個『少女』那裡嗎？」

「也許是王詠月拿走了，或者根本就沒有？」李秩補充道，「就像我買了命運之輪，也許在他買走這些畫以前，就有人買走了戀人呢？」

「你說得對。」徐遙揉揉眉心，他這麼乾脆地承認自己想多了的情況可不多見，「也許是我最近鑽研論文太入迷了，總往複雜的方面想。」

「鑽研論文？」李秩問，「你重新開始犯罪心理學的研究了？」

「科技在不斷進步，我們對腦子的研究也不會停止，」徐遙嘆口氣，「五年多了，感覺還是有點難……」

「我相信你一定可以的！」李秩一高興，猛地捉住了他的肩膀，「我等著你成為我們真正的顧問！」

徐遙失笑，「哪有這樣的職位……別扯遠了，我們還是繼續查查這些畫的來源吧。」

「來源……你是說『旅人』畫廊？」這事牽涉到張紅，李秩有些不確定，「如果蘇旅真的與此有關，那紅姐……」

「她不是第一線警察，而且目前她也不知道我們懷疑蘇旅和案件有關，沒關係的。」徐遙拍拍手，把畫收好，「但如果我們確定了這事與他有關，你會讓她避嫌嗎？」

「……我覺得我會，但是她不一定會聽我的。」李秩無奈地搖搖頭，「無論在公在私，她的地位都跟隊長一樣。」

鑑識科主任確實是和警隊長同級，徐遙笑了笑，「對哦，他們還是雙胞胎。」張藍和張紅屬於細看面貌極其相似，但氣質完全看不出是兄妹的類型。李秩說起張藍，也有些掛念他了，「不知道隊長和雅姐現在在哪裡玩呢？」

徐遙心裡挖苦著李秩「跟等著爸媽回家的小孩似的」，手卻不受控制地搭上了他的肩膀，稍稍用力，安撫似地揉了揉。

李秩真的從小就這麼等著父母回家，只是等著等著，他們就都不回來了。

李秩垂著眼，他的身材高大，卻偏偏遺傳了母親的小臉大眼，當他不像棵小白楊那樣筆挺地站著，就特別像受了委屈垂著頭的德牧。徐遙又忍不住往上動了動手掌，捏了捏他的脖子。

李秩像從夢中驚醒般猛抬了一下頭，整個人都往後跌了半步——他能感覺到徐遙本來的觸碰是安慰朋友的性質，但那微涼的指尖在他頸脖遊走的時候卻突然帶了點曖昧的試探，他不敢多想，只能躲開。

幸而徐遙也沒有什麼反應，他收回手，指了指那排大書櫃，「找找看有沒有跟彩虹計畫、或者與蘇旅有關的東西，然後還是去畫廊一趟吧，總得找了才知道有沒有線索。」

「嗯……好……」

明明徐遙只是在說自己寫過的小說臺詞，但李秩卻受那曖昧的餘溫影響，耳後直發紅，他趕緊應了一聲，便埋首去翻那些檔案文書。

他沒發現，其實徐遙那藏在金框眼鏡下的眼神，也是一樣底氣不足地閃爍。

裘飛飛花了幾天時間，終於把倉庫裡存放的畫作都拍好照、編好號登記好了。她明天就要正式離開「旅人」畫廊了，打算把所有資料再一次和準備接手的方碧交代交接，可是她等到四點多五點了，仍然沒有看見方碧。

元旦過完一週多了，美術學院的期末考也過了，方碧還有什麼可忙的？再說她預先和方碧約好了時間，她說三點半就可以來，怎麼晚了那麼多？

裘飛飛打了第五通電話，仍然無人接聽。

一輛熟悉的車子在畫廊門前停下，裘飛飛抬頭，便看見李秩和徐遙兩個美術價值相當高的男人並肩走進來——他們在王志高家翻了個遍，也沒發現他跟那三個嫌疑人有什麼金錢糾紛、利益矛盾甚至桃色緋聞，只能先過來查畫作的下落了。

裘飛飛放下手中的記錄冊，迎了上去，「副隊長好，徐老師好！」

「喔，妳好妳好……」裘飛飛的態度非常尊敬，倒把李秩嚇了一跳，他上次來時她可不是這個態度啊？

「妳好，」徐遙卻視作平常，「不好意思打擾妳下班，但是我們很需要看看關於蘇旅老師的畫作資訊。」

裘飛飛眨眨眼，「畫作資訊是指什麼？如果只是他畫過什麼畫倒是容易查，紅姐一直都叮囑我要記錄好，說這也是版權，可是作畫時間地點委託人之類的我就完全不知道了。」

「有畫作目錄也可以，」徐遙問，「妳記得他有畫過以塔羅牌為主題的油畫嗎？」

「塔羅牌？有啊有啊，那套馬賽塔羅很出名的，蘇老師還做過一次主題展，就是那次展覽讓他名聲大振的！」裘飛飛把剛剛整理好的目錄捧過來，前幾頁就是那二十二幅畫的縮圖，「不過除了那天副隊長買走的那幅命運之輪，其他的都被同一個收藏家買走了。」

李秩問道，「妳知道是哪位收藏家嗎？」

「大收藏家不會自己出面，都是讓仲介來談價錢的，」裘飛飛道，「人家可豪氣了，進門就說要把蘇老師所有的畫都收走，還讓我隨便開價。」

李秩覺得奇怪，缺了一幅的系列畫作怎麼樣都是逼死強迫症的感覺吧？

「那他怎麼留下了一幅命運之輪呢，是錢不夠了嗎？」

「哦，因為他太囂張了，紅姐不願意賣了，後來他又死皮賴臉地來了幾次，可能最後他也沒記住自己每次買走了多少幅，就漏掉了。我也是很久以後才從倉庫角落裡找出那幅命運之輪的。」

「很久以後？」徐遙詫異，「蘇旅好像失蹤了五年？那他是很久之前就畫了這些畫嗎？」

「我想想啊……那時候我在讀小學？嗯嗯，有十年了！」

「十年前的畫?!」那剛好是李秩向李泓出櫃那一年，他躺在醫院的時候，原來已經有人畫出了十年後他想要送給心上人的畫，緣分的奇妙讓他不禁低聲呢喃了一句「那可真巧」。

「飛飛，妳確定其他二十一幅都是被同一個收藏者買走的嗎？」徐遙卻關心著另外的問題——如果真是王志高一個人買走了那二十一幅畫，那麼「戀人」就真的是被人有意拿走的。

「是不是同一個收藏家我不確定，但肯定是同一個仲介。那時候我剛好失戀，那仲介跟我前男友噴同樣的古龍水。」

李秩覺得時間有點跳躍，「妳才讀小學就失戀了？」

「喂，什麼小學！我是十八歲到這裡打工的！」裘飛飛轉了轉眼睛，明白過來，「哦，我忘了說時間，蘇老師畫出馬賽塔羅系列是十年前，二〇〇七年，但是那個仲介來買畫是二〇一二年的事情了，那時候蘇老師已經不見好幾個月了，紅姐心情不好，才會為難那個仲介。」

奇怪了，既然蘇旅十年前就因為這套馬賽塔羅而聲名鵲起，怎麼他最紅的時候沒人來買，他沉寂失蹤了反而有人來買他的畫呢？

李秩皺著眉頭思考，徐遙也感覺到同樣的疑惑，但他想到了一個看似合理的解釋。

「也許正是因為他失蹤了，畫作變成絕版，才有更高的收藏價值？在藝術品買賣市場這很常見。」

「飛飛，妳真的不記得那個仲介叫什麼名字嗎？」李秩還是不死心，「他沒有留下名片什麼的嗎？買畫的話，刷卡記錄總有吧？」

裘飛飛搖頭，「都是現金付款。副隊長，你以為我們真的會開價幾十萬嗎？紅姐開價最高那幅也就是兩萬元而已。我們自己心裡有數，那些天價畫作是炒出來的，不是畫出來的，我們畫畫的人要對得起自己的良心，能養活自己就好了。」

徐遙聽出了些意味，「飛飛，妳想開始自己去畫畫了嗎？」

裘飛飛一直沒心沒肺的模樣沉靜了下來，露出了含羞帶怯的笑，「我，我覺得徐老師你說的話有道理，我不能總是只看著別人的脊背……其實我已經向紅姐辭職了，今天是我在這裡工作的最後一天了。」

「這樣啊……」徐遙有點意外，他也沒想到自己只是平心而論的幾句話會讓她做出這麼重要的決定，「我祝妳早日找到心中的風景。」

「……你們怎麼好像認識了很久一樣？」被晾在一邊的李秩忽然有點吃醋的感覺，儘管他現在知道徐遙對女性沒有興趣，還是忍不住感到被冷落。

他向徐遙投去半是疑問半是不滿的眼神，「你常來嗎？」

「怎麼會，就上次的案子……」換作從前，李秩是絕對不敢這麼問的，而徐遙也不屑回答。但現在他不僅沒有翻他一個白眼，還帶點慌張地解釋了起來，連他自己都覺得有點彆扭。

「對不起，我來晚了！」

徐遙正不知道如何向李秩解釋自己那天生的導師氣場，背後就傳來了一個急促的少女說話聲。眾人一起回頭，只見一個長髮披肩的女孩提著裙襬小步跑了進來，容貌昳麗得如同日落時分的火燒雲。

她眨了眨眼睛，看著兩個被她的美貌驚住了的男人，似乎早已習慣，「你們好……是客人嗎？」

「不，我們只是問點東西。」美是有攻擊力的，李秩不由自主地往徐遙那邊靠了一步，「我們問完了……嗯？徐遙，我們問完了嗎？」

徐遙哭笑不得，「還在問呢，這不是被你打岔了嗎！」

「我幫你們介紹一下，」裘飛飛走到中間去，「這位是李警官，是我們老闆娘的工作伙伴、警察局的副隊長。這位是徐遙徐老師，是顧問。她叫方碧，是我在美術學院的學妹，是來接手我的工作的！」

方碧感覺這兩位都是大人物，連忙鞠躬，「你們好，我叫方碧，請兩位多多指教！」

「不客氣不客氣……」李秩看見她背著厚重的寫生畫板和畫筒，「很重吧，放下再說吧？」

「哦，不重，都習慣了。」方碧把套著黑色布袋的畫筒畫架放下，向裘飛飛道歉，「對不起學姐，我應該早點來的，但是我男朋友居然放我鴿子，沒到寫生的地方接我，我在那個小村子裡等了很久才等到了公車。妳不會生我的氣吧？」

方碧用有點撒嬌的語氣說著話，輕輕地搖晃著裘飛飛的手臂。

這麼漂亮的女孩的撒嬌，不論男女都很難拒絕，裘飛飛無奈地嘆了口氣，敲了敲她的額頭。

「以後畫廊交給妳，妳可不要搞出什麼意外啊，不然我就替蘇老師教訓妳！」

「妳也是蘇旅的學生？」徐遙問。

「嗯？」方碧有點意外，「對，我小時候跟蘇老師學過畫畫……你怎麼知道的？」

「飛飛搬出蘇老師來威嚇妳，代表蘇老師在妳心中是一個有威嚴的人，就像家長跟孩子說再不乖就讓老師罰課後輔導一樣。如果妳不認識蘇旅，飛飛不可能會用他來威嚇你。」徐遙指了指畫筒，「我們正在查一個案子，和蘇旅的畫有關，妳聽他說過一個叫『彩虹計畫』的實驗嗎？」

方碧搖頭，「沒有，我跟蘇老師學畫畫時還是小學生，太久了，我不怎麼記得了。」

「哦……這樣……」

徐遙難免感到一點可惜，他看看李秩，李秩意會，「飛飛，那我們先走了，希望以後還有機會見到妳。」

「一定會的！」裘飛飛畢恭畢敬地向兩人鞠躬致意，他們點頭回禮，便離開了畫廊，回永安警察局去了。

「紅姐，妳還在局裡嗎？等我一下，我有事要問妳。」

車上，李秩打電話給張紅約好見面，徐遙看他一眼，「你想要問彩虹計畫的話，乾脆在畫廊等她不是更好嗎，為什麼要特意回局裡講？」

「不是你教我的嗎？要把流言的傷害降到最低。」李秩道，「那兩個都是蘇旅的學生，都很尊敬他，要是在那裡追問這個計畫，萬一裡面有什麼差錯，不是毀了她們心中的偶像嗎？」

徐遙失笑，「原來你是在考慮這個？」

「不然是為什麼？」李秩看徐遙一臉啼笑皆非，不禁疑惑，「難道我錯過了什麼線索？」

「沒有，我只是覺得那個方碧有些特別……」徐遙開玩笑道，「不只是特別漂亮。」

「……你還會留意女孩子長得好看不好看啊？」李秩不自覺喃喃了一句。早上白源鋒一副和徐遙很熟稔的態度就讓他有些吃醋了，但他沒有立場埋怨。現在連女孩都讓徐遙看上了，他更鬱悶了，低聲自言自語，「我也挺帥的啊……」

「嗯？你說什麼？」徐遙從他的神情已猜到大概，但看他那模樣又覺得好笑，故意逗他，「難道你不覺得方碧長得很美嗎？」

「……是，但那是單純的好看，沒有感覺到什麼特別之處。」李秩哼哼，「你倒是說說看，她有什麼特別的？」

「特別會利用自己的外貌。」

徐遙的語氣正經了起來，「中國人的價值觀裡，利用美貌得到成就是為人所不屑的。在小時候家長就會教小朋友不要恃寵而嬌，就算有些人利用美色進行各類交易，得些便宜，那也是成年以後的計算或者是情感使然，比如向男朋友撒嬌。但連飛飛這樣一個什麼都沒有的女孩，她也會撒嬌求取原諒，這已經不是故意圖謀了，而是天性如此，一定是從小就生活在撒個嬌大家就無條件原諒她的環境裡，所以在她的腦子裡，道歉的場景是和撒嬌的行為掛鉤的。」

他又嘲笑似地彎了彎嘴角，「所以什麼『美不自知』都是騙人的，長得好看的人怎麼會不知道別人對他特別好是因為什麼，不過是有沒有聲張而已。」

「我不是因為你長得好看才對你好的。」

李秩毫無徵兆地飛來一筆，噎得徐遙咳嗽起來，「你、你這思路不對……」

「反正什麼頭緒都沒有，就隨意連想一下嘛，」李秩聳聳肩，再轉個彎就到警察局了，「最晚明天，最快現在，局長就會打電話來催我了，趁現在還能開玩笑的時候笑一笑吧。」

徐遙這才想起張藍休假了，李秩是直接負責人。

「王志高畢竟是負責替嫌疑人精神鑑定的，在體系裡應該也名聲不小吧？」

「你應該說，林森有的是名聲，而王志高有的是實權。」李秩說完這句後就沉默了，他相信徐遙能明白。

徐遙也沉默了，他知道李秩在懷疑也許是這份實權招來了殺身之禍，但這就涉及了王志高是否收受賄賂——這牽涉到他從業十幾年來的所有案件，稍有不慎，恐怕會成為悅城史上最嚴重的瀆職罪。

若真是如此，如今該接受懲罰的人已經死了，剩下的責任就要整個悅城警政體系去背了。

兩人抱著同樣的思慮回到警局，張紅已經拿著詳細的屍檢報告在等他們了。

「謝謝紅姐，不過，我們還有一件事想問妳。」在私交上，張紅張藍都把李秩當弟弟，雖然這次的案子涉及她的感情問題，但李秩詢問的時候也不會覺得尷尬，「是關於蘇旅大哥的。」

「嗯？」聽到失蹤多時的未婚夫名字時，張紅已經滿臉愕然，在聽完李秩的說明後就更加迷茫了，「我知道他當初參加過一個叫彩虹計畫的慈善活動，但是我一直以為那是個教孤兒畫畫的公益活動而已……他從來沒說過這是個心理實驗啊！」

「紅姐，妳能不能詳細說一下那個彩虹計畫是什麼？」李秩覺得那些文書上記錄的只是一部分，真實的彩虹計畫也許比他們預想的複雜得多。

「我是在一個畫展上認識蘇旅的，那年剛好是北京奧運，悅城也搞了很多奧運主題的活動，其中一個就是彩虹育幼院的兒童畫展。我當時剛好放了當法醫以來的第一個長假，便跑去看了，我就在那裡認識了蘇旅。」

張紅回憶起和蘇旅的認識過程，彷彿還聽得到那些奧運活動的口號，但不知不覺，原來都十年了，「蘇旅告訴我，他是去教那些小孩畫畫的，彩虹計畫是一個為了幫助這些被父母遺棄的小孩找到發洩情感的方法而發起的活動。我當時覺得他這麼粗狂的一個男人，還有這種細膩心思，真是難得……於是我們就開始見面，後來我才知道他也是孤兒，理解了他其實是個很脆弱的人，只是用粗豪的外表來偽裝自己……」

「可是這個計畫後來為什麼被終止了呢？」李秩沒告訴張紅那份報告書上「收效甚微終止實驗」的結論，他想知道實際的情況。

張紅卻更加意外了，「被終止？我以為這計畫是自然結束的。他還是一直去教那裡的小孩畫畫啊，每個週六都去，前前後後有兩年多的時間呢！」

徐遙不禁發出一聲疑惑的「嗯？」，張紅轉過頭去看他，眼中的迷茫瞬間變成了凌厲，「你們找到了什麼線索嗎？他是去幹什麼壞事了嗎?!」

「沒有，妳多慮了，王志高是在二〇一〇年終止彩虹計畫的，妳說的兩年多這個時間還算吻合。」徐遙忽然問道，「妳畫廊裡新到任的那個女孩，叫方碧的，也是蘇旅在那個時候教過的孩子嗎？」

「嗯，她也是在彩虹育幼院裡長大的孩子，八歲時被領養了，但她經常回去育幼院探望朋友。她也跟蘇旅學過畫畫，我記得蘇旅說過她很有靈氣和天分，後來果然考上了美術學院。」張紅問，「你是懷疑她故意隱瞞彩虹計畫的事嗎？」

李秩道，「也不是懷疑，可是我們的確問過她知不知道彩虹計畫，她卻說自己不知道，只是跟蘇旅學畫畫，這就有點欲蓋彌彰了。」

「那些孩子確實不知道，」張紅搖搖頭，「當時他們是隱瞞著孩子們進行的，只說是開設了美術課，所以方碧說不知道，她是真的不知道。」

徐遙點頭，向李秩解釋道，「為了讓實驗樣本達到最真實的狀態，操作者經常會隱瞞或者誤導他們實驗的真實目的和操作方式。」

「嗯……原來如此……」李秩快速地梳理一遍時間線，「紅姐，那個馬賽塔羅系列的畫，是什麼時候完成的？」

「很早就完成了，大概是十年前？我認識他的時候，他早就完成了全部二十二幅了，還搞了一個主題畫展，好像也是因為這個畫展他才被認可，開始有人慕名找他，也有了後來的彩虹計畫。」張紅也發現了一些端倪，「你懷疑王志高就是因為馬賽塔羅的畫展而認知蘇旅，兩人開始搞彩虹計畫，在蘇旅失蹤後，他擔心有人發現他們的合作，所以又把畫都買走？現在殺死王志高的人，也和當年的畫有關係？」

「妳這樣串聯起來很有道理，但現在一點證據也沒有，不能證明蘇旅的失蹤和我們現在調查的案件有關，全是我們的猜測。」李秩把他們兩個的思維拉了回來，「但是王志高是真的死了，當務之急，我覺得應該先把現場的線索整理一遍，再去想當年的線索。」

「你說得都對，但我就是覺得丟失的那幅『戀人』很奇怪，意義太突兀了。」徐遙對張紅說，「能不能請妳幫個忙，盡可能找到當年那些參與彩虹計畫的孩子、或者相關的工作人員，讓我跟他們聊一聊。還有那個買畫的仲介，妳能做個側寫嗎？」

李秩按了按徐遙的肩膀，覺得他因為王志高是故交而鑽了牛角尖，「徐遙……」「我來查蘇旅就好了，你還是專心查王志高的案子吧。」徐遙捉住李秩放在他肩上的手，拉到身前，「我沒有鑽牛角尖，但我覺得這兩條線不相悖。你還記得我寫的《平行線》嗎？」

「……好吧，我會努力的，但你也要跟我說你找到的線索，不能再像抓孫皓時那樣孤身犯險。」

《平行線》是徐遙寫的一個雙主角的故事，兩個主角一個是文學家一個是科學家，分別遵從感性和理性去追查案件，看似毫不相關的兩條線最後匯合，找出了凶手。李秩熟讀徐遙的所有作品，自然明白他的言外之意，只留下張紅滿臉疑惑，猜不透他們說的是什麼暗號。

「我不知道副隊長和徐顧問你們在說什麼，但我會配合你們，」張紅無奈地笑笑，「當時的孩子我沒什麼接觸，但是芊芊跟蘇旅一樣是那個活動的義工，我去問問她吧。」

「任所長？」李秩還真沒法把那個看似冰山麗人的任芊芊和熱心孩子公益的形象聯繫起來，「她還會做這種義工啊？」

「你這話是什麼意思？」張紅想板起臉來教訓李秩，但自己也忍不住笑了，「不過你說得對，她去那裡只是因為單位強制要求參加公益活動罷了。她說自己這輩子就搞不定兩種人，一種是男人，一種是小孩。」

「我想大多數人都有這個感覺。」徐遙向張紅道謝，「謝謝妳幫忙，希望這次調查對妳也有幫助……」

「不要給我希望，我寧願他就此失蹤，都不要找到他的屍體。」張紅打斷徐遙的話，向兩人微微躬身，便道別離開了。

「你為什麼故意把紅姐趕走？」李秩感覺到徐遙剛剛說的那句話的用意，「你有什麼事情不想讓她知道嗎？」

「一個被領養走的小孩，如果在領養的家庭裡生活得好，是不會跑回去育幼院的。」徐遙做了做計算，「十年前，方碧應該十歲左右，在領養家庭過得不開心，在育幼院又沒有了她的位置，她唯一能找到屬於自己的身分、能被人照顧的身分，就是在蘇旅的身邊、當蘇旅的學生。」

「……我好像能理解她對蘇旅的感情。」李秩嘆了口氣，若不是在關鍵的時候聽到了徐遙的書，別說警察了，他連自己能不能重新振作都無法肯定，「蘇旅那邊暫時先放下吧，等紅姐的消息。我們先去找一下趙哥吧，看有沒有發現什麼。」

「好。」

「彩虹計畫？」

任芊芊泡茶的手停在了半空，「什麼是彩虹計畫？」

「就是二〇〇八年的時候，你們單位被強制要求參加的那個奧運公益活動，幫育幼院的小孩搞畫展的那個。」張紅離開警局以後就去找任芊芊求證，「我就是去看妳才會到那裡去，然後就認識了蘇旅。」

「哦，那個活動啊？」任芊芊捧著兩杯玫瑰花茶過來，「我就是去布了個展，站了一天，其他什麼都不知道呢。」

「啊？我還以為你們單位從頭到尾都參與了呢。」張紅嘆口氣，「那就問不出什麼來了。」

「妳為什麼忽然關心這個活動？」任芊芊試探著問道，「是不是找到什麼關於蘇旅的線索了？」

張紅搖頭，「不是，只是徐遙覺得彩虹計畫可能跟王志高的案件有關，讓我找找當年知情的人。」

「那妳找那個女孩了嗎？那個很漂亮的打工小妹？」

「問過了，但是那些孩子都不知情，只把蘇旅當作一個美術老師，沒什麼線索。」張紅苦笑了一下，「這樣也挺好，沒有他的消息，我就當他還活著了。」

「……不要再想他了，妳答應過我會好好生活下去的。」任芊芊捉住張紅的手，「妳還沒吃飯吧，我們出去吃一頓好的，把這些煩人的案件都忘掉。」

「那我就多謝任大小姐的龍蝦大餐啦。」

張紅笑著承了閨蜜的關切之情，任芊芊說要換件衣服，讓張紅先去把車開到樓下。

張紅一出門，任芊芊便傳了訊息到一個沒有登記名字的信箱。

警方開始調查蘇旅，小心保管你的東西。

過了一會，任芊芊換好衣服出門時，對方回信了。

妳是擔心警方發現蘇旅死了，還是擔心張紅發現最好的朋友睡了她未婚夫？

任芊芊握緊了手機，這種語氣顯示著對方沒有一點馬腳被捉住，她刪掉通信記錄，不再回覆。

愛情是什麼？

關於這個問題，相信很多懷春的少男少女都曾經思考過，歡笑過，流淚過。大家都從各種途徑，或親自上場，或看書看劇，或聽親友述說，或觀察事態萬物，得到自己的答案。

但是任芊芊卻從來都感覺不到什麼是愛。她出身良好，長相姣好，身材高挑，從國中開始就是男生排著隊追求的女神。不過她從來沒有接受過誰，也沒體會過什麼是所謂的愛情。

聽說愛一個人是想到對方就笑，看不見對方就思念，寧願自己傷心也不想對方難過的感情——可是這樣的話，跟她和父親的感情，她和張紅的感情有什麼不一樣呢？

差別在於愛情還包括肉欲是嗎？

她也不排斥和男人的身體接觸，牽手擁抱也不會有什麼問題。

但是更深入的接觸，沒有雌激素孕激素催產素多巴胺等物質的綜合作用，任何動物都不會進行吧？

張紅第一次聽到她的理論，是在大一的通識課教室裡，她詫異得打翻了早餐的豆漿，惹得眾人哄堂大笑。

那接吻呢，人類是唯一會接吻的動物。

張紅說，接吻對社交或生育都沒有幫助，是人類才會使用的表達愛情的做法。

原來是這樣嗎？所以尋找愛情就是找到一個想和他接吻的人？

張紅對這個結論表示稍微可以接受了一些，但和真正的愛情差別有多大，她也說不上來。

任芊芊有時候想，是不是因為她來自單親家庭，沒有見過父母恩愛的模樣，所以天生就缺乏了對愛情的感悟。

但缺了就缺了吧，她並不覺得這種所謂的「缺失」是多麼遺憾的事情。

直到張紅也談戀愛了。

對方是個叫蘇旅的畫家，她見過。在一個育幼院的畫展上，她看見他抱著小孩去摘樹上的花，滿臉鬍渣、不修邊幅，在這樣正式的場合，還是踩著一雙髒兮兮的洞洞鞋。

是不是投身藝術的人都是這個風格啊？

任芊芊是讀化學的，搞不懂所謂的藝術家都是怎麼回事，她同樣搞不懂為什麼讀法醫的張紅會和這樣的藝術家在一起。

她偷偷去看他們約會——所謂的約會，也只是張紅去育幼院看看他怎麼教小朋友畫畫罷了。

蘇旅用布料裁剪出幾十片楓葉，把它們畫得跟真正的楓葉一樣，騙張紅一起到育幼院附近的一個小花園看楓葉。

「又不是秋天，怎麼會有楓葉？咦？」

張紅瞪大眼睛看著一樹楓紅，驚喜地回過頭去，一句「真的有！」沒說完，就被蘇旅吻住了。

任芊芊跟張紅一樣吸了一口氣，她也不知道為什麼，自己就那麼憋著呼吸，彷彿蘇旅那一吻是印在她的唇上。

心臟撲通撲通地跳，跟每個活著的人一樣，但是此刻越跳越快——

躲在柱子後的任芊芊露出一抹裙角，被蘇旅看見了，他朝她那個方向看過來，正好撞中了任芊芊的眼睛。

她在那一瞬間明白那說不明道不清的區別在哪裡了。

她明白了什麼是愛情，但是她愛上了別人的愛情。

張紅和蘇旅的交往過程很順利，蘇旅從來沒有單獨和任芊芊說過一句話，他是那種很會避嫌的人，從不讓自己的女朋友擔心。

只是有時候，他摟著張紅的肩看夕陽，會從張紅的髮梢間向她投來一抹玩味的笑。

我知道妳在看著我——

任芊芊好像能從他的眼神裡讀到這句話，她覺得自己和張紅都被羞辱了，她覺得他是一個花心的人，明明有了女朋友，還跟她曖昧不清。

可是，他又怎麼跟她曖昧了呢？他連她的手機號碼都沒有，他每次見到她的場合，都是因為她主動參加到他和張紅的約會之中。

任芊芊心中充滿了憤怒，又充滿了難過，她覺得蘇旅可惡透頂，卻又無法拒絕張紅邀請她去的每一個有他在的場合。

愛情是什麼？

愛情是災難，是痛苦，是悲哀，是可憐，卻又有一點點、細微到幾乎感覺不到的甜。

她就為了那一點點的甜而卑躬屈膝。

蘇旅和張紅訂婚那天，她覺得自己終於解放了，她覺得再也不用被這種卑微的感情束縛，覺得自己終於可以和這場劫數道別，從此得到解脫。

她寫好了遺書，告訴父親她是因為不堪工作壓力而自殺的，然後就去到了那個蘇旅曾經為張紅掛滿了楓葉的小花園。她準備好了繩子，打算把自己也掛在上面。臨近窒息的時候，她聽到了有人喊她的名字，那人把她抱下來，質問她為什麼這麼傻。

她凝住眼淚，看清楚了來人是蘇旅。一瞬間她明白了，原來不只是她在看他，他也看著她，他擔心她，他關心她，才會有可能趕來救她。

渡劫始終是要遭遇一場雷電交加的，任芊芊覺得她在劫難逃了。

她撲過去，用人類才會的親吻，向他表達她的感情。

蘇旅從第一眼就把她看透了，他知道她想要什麼，在漫長的試探以後，他終於給了她。

也就只有這一次了。

他和她都明白這一次是開始也是結束，於是他們更加瘋狂，在沒有月亮的黑夜裡身體交纏。

但是她當時不知道，有一雙眼睛凝望著他們，一雙在流淚的死神眼睛。

李秩和徐遙來到鑑識組，向趙科林諮詢現場有沒有什麼線索。

「丙烯？」李秩拿著那份血液化驗報告，「血液裡面怎麼會有丙烯？」

「這我就不知道了，也許是地面上本來就有顏料，死者的血和顏料混合了吧。」趙科林道，「丙烯顏料在有丙烯成分的材料中是最常見的，所以也不一定是顏料。」

「二院的樓梯間不太可能出現這種東西，大概是真正的案發現場留下的痕跡……哈啊……」徐遙捂著嘴遮掩一個呵欠，他昨晚沒睡好，今天又奔波了一整天，實在是累了。

「有可能是凶手在抽血時不小心沾上的，所以對方到二院裡布置現場時就灑下了帶丙烯的血。」李秩拍了拍徐遙的背，「你先回去休息吧，那三個嫌疑人是否有機會接觸到丙烯，我會去查的。」

「嗯，誰還敢跟你們比熬夜不成？」徐遙也覺得自己在這裡幫不上什麼忙了，「我先回去了。」

「我送你，晚上老城區難叫車。」李秩自己也住在秀麗花園附近，那一帶過了通勤時間就很少計程車願意去了，「走吧。」

「……好。」

徐遙拗不過李秩，只能讓他再當一次司機，他實在太睏了，上車沒多久就睡著了。李秩也不吵他，等到一處紅綠燈，停了車，便伸手到後座拿薄毯幫他蓋上。

徐遙像被嚇到一樣，渾身都抖了一下，鼻腔裡發出一聲濃重的「嗯？」

李秩迅速縮手，但徐遙已經揉著眼睛醒來了，「……我睡著了？」

李秩把毯子蓋到徐遙的膝上，「再過兩個路口就到了，要不你再瞇一下？」

徐遙將薄毯擁到懷裡，蹭了蹭柔軟的絨面——平常他不會這樣做，但現在睡得有點迷糊，不自覺地就怎麼舒服怎麼來了，「你車上怎麼還有毯子？」

「之前紅姐的車壞了，跟我換車開了兩天，然後就送了這條毯子給我。她說我們經常外勤蹲點，車裡應該準備一條毯子，這樣抓緊時間瞇一下也不會著涼。」

徐遙感嘆，「張家兄妹真的把你當弟弟啊。」

「都是在同個院子裡一起長大的，我小時候都喊他們哥哥姐姐。」李秩笑了笑。

舊城區裡的樓房低矮，隔著好幾條街都能看到容海新天地那邊的商業大廈上大螢幕透過來的光。李秩抬頭張望，看不清楚螢幕上有哪些演員，但偌大的電影標題倒是十分清晰，紅底黑字的藝術花體字打著「夜火」的片名。

「啊，那就是你的電影對嗎？」李秩在元旦時忙著劉宇恆的案子，都沒有時間看徐遙說的那個電影預告片，「我差點忘了！你怎麼不提醒我！」

徐遙打趣道，「你不是我的粉絲嗎？怎麼還要偶像提醒粉絲呢？」

「啊，是我最近太疏忽了，對不起！」李秩還當真了，趕緊道歉，「我回去就補分享！」

「……你有時間還不如陪我回民宿再做一次回憶追溯。」徐遙哭笑不得，「這對我來說比炒作有意義多了。」

「不耽誤，兩件事可以一起進行！」李秩頓了頓，「徐遙，這個回憶追溯是不是對所有人都有效？就算那個人已經什麼都不記得，但只要當時是醒著的，不管後來大腦產生了什麼保護機制使他想不起來，也能透過催眠來追溯到這些記憶？」

「你想催眠自己，回到當年你母親去世的現場？」徐遙馬上就猜到了李秩的用意，「不是說不可以，但是那個場景對你來說一定很可怕，大腦才會讓你忘記；而且以你的個案來說，也可能當時凶手早就不在現場了，你是單純被母親的慘況嚇到的，那記起來也只會讓你徒添痛苦……」

「可是你不也一樣嗎？」

李秩一句反問讓徐遙不知如何反駁——他能怎麼反駁他自己呢？

但李秩也沒有繼續逼迫徐遙，綠燈亮起，他便發動車子前行，好像剛剛什麼也沒問一樣。到了徐遙家樓下，李秩打亮車頭燈照著徐遙進樓，他卻走了兩步便折返回來，示意他降下車窗。

「我可以幫你做這個回憶追溯。」徐遙彎下腰來，他垂著眼睛，金色圓框眼鏡也滑到了鼻尖上，「但是你要先跟一個人報備。」

「……你說我爸？」徐遙說話的聲音很輕，李秩產生了一種「他也許是怕我生氣」的錯覺——又或者，這不是他的錯覺，「跟他沒有關係，這案子的一切細節我都看過了……」

「你的心情、你跟家人的糾結，都會對催眠產生不同的影響，我不能讓你就這樣面對過去。」徐遙抬起眼來，燈光從側面映照著他的臉，很是溫柔，「我只是需要你跟他報備一下，並不是要你請求他的允許。」

「……我盡量。」李秩沉默片刻後，握著拳頭忍耐摸一下徐遙的臉的衝動，點了點頭。

徐遙鬆了口氣，走上樓去，七樓確實有點高，但他走得很快——他知道他不到家不亮燈，李秩是不會離開的。

他也希望李秩能早點休息。

李秩看見徐遙走進家門，把燈按了三下——這是他們某次開玩笑約定的安全暗號，代表屋裡安全，沒有其他人——才調轉車頭開回局裡。

已經訊問那三個嫌疑人一天了，也沒問出什麼來。駱飛揚和文守清都是家境優渥的孩子，律師早就在要求釋放了，而楊綠的老公也抱著他們半歲的孩子在大廳裡哭哭啼啼地說她產假都沒休就回來上班，絕對不是會殺人的人。

李秩把車子停在築江旁，打了通電話回去，讓王俊麟把他們放了，但是要派人跟蹤他們。也安排鑑識組竊聽他們的手機，監視他們的行動。

布置好後，他下了車，到沿著江畔鋪展的金匯廣場中買杯熱奶茶——他不菸不酒，再怎麼不開心，也就是買杯多糖奶茶，讓濃郁的甜味刺激一下多巴胺分泌。

金匯廣場的人流量明顯沒有平常多，李秩點飲料的時候沒有半個人在排隊——也對，再幾週就要過年了，大批外鄉人都離開了。他們背著大包小包，帶著一年的思念回家，留下這座空蕩蕩的城市。

不像李秩，過年也無處可去，有家也無家可歸。

李秩捧著熱奶茶回到車裡，啜了兩口，卻沒覺得心情有所紓解。

十年了，他不是沒有試過和李泓和解，但他們本來就不親厚的父子關係在那一頓打裡已經碎成了滿地渣滓，他不知道該從哪裡開始拼。

「我只是向他報備一下，不需要他允許……」李秩琢磨著徐遙的話，那大概發個簡訊也可以了？

李秩心裡也知道，這樣投機取巧會辜負徐遙鼓勵他邁出第一步的好意——也可能其實徐遙不是什麼好意，而是進行催眠真的需要通知家屬。

雖然徐遙已經把他當作朋友了，但是涉及到他和父親的關係，而且他父親還是那個是曾經對徐遙嚴刑逼供、至今仍懷疑徐遙是殺人凶手的警察，李秩不敢奢望徐遙對他的感情已經深到這個地步。

要說到底有誰會這麼關心他和李泓的父子問題，李秩只能說出一個張藍了。

也就只有張藍能告訴他，為什麼當年李泓對他下那麼重的手了。

李秩曾經問過張藍，但是張藍只說那時候李泓正在追查一件涉及同性戀嫌疑人的案件，其中的案情讓人憤怒，所以李泓才會情緒失控，把怒氣發洩在他身上。

李秩當然不相信這個說法，他不相信有人會把對犯人的仇恨發洩在自己的子女身上——比如張藍，察覺到自己被案件影響情緒時，他會馬上想方設法清空這些消極影響，絕對不會把這些憤怒帶回自己的家庭去的。

「嘶嚕嘶嚕」的空氣吸入聲打斷了李秩的回憶，一杯奶茶很快就見底了。他晃了晃沉到底部吸不上來的珍珠，拿吸管一顆顆對準，戳著吸進嘴裡咬。

他忽然想起張藍在休假前，暫時給了他正隊長級別的授權。

也就是說，他可以查很多以前沒有許可權查閱的案件了？

李秩的眼神一凜，馬上驅車趕回警局，跑到電腦前登錄系統，輸入了張藍給他的授權密碼。

二〇〇七到二〇〇八年，有李泓參與，嫌疑人和同性戀有關的案件……

李秩飛快搜索著那些正隊長級別才能查看的資料，終於翻到二〇〇七年五月分的案件——他向李泓出櫃的時候是剛過端午，六月初——而且這個案子還沒有結案，是一個「未解決」的案子。李秩記下了案件編號，去檔案室調了卷宗出來，拿到自己的辦公室裡細看。

這是一起女性失蹤案件，失蹤的女性名叫李小敏，當時二十五歲，是悅城下轄一個小鄉村裡的女孩。她是村裡第一個考進悅城讀大學的學生，畢業後還因為成績優異留校，當了物理系的助教，當時全村的人都把她當作榜樣。

但這麼一個如花似玉前途無限的成功女性，卻無緣無故消失了。她是家中獨生女，父母沒有一點重男輕女，把她當作掌上明珠，他們說女兒在失蹤前還跟他們說過要帶男朋友回來吃飯，沒想到第二天卻打不通電話了。

她的男朋友自然被當作第一嫌疑人，但當時李泓所帶領的調查小組卻沒能找到那個「男朋友」。相反地，在她的租屋處發現的，是她和一個長髮女子的親密照片。動作已經不是「閨蜜」等級的親密，而是愛人的擁抱和親吻。

當時警方全城搜索這名女子，卻一無所獲。在一個多星期以後，才有一個專門幫人查小三的所謂私家偵探提供了線索。對方說他在好多年前盯梢時無意中拍到過另一對姿態親密的女人，因為起了色心，就偷拍了好幾張，而其中一個女人就是這個身分不明的長髮女子。

但另一個女人並不是李小敏。

李秩一邊翻卷宗一邊對照著看當時的證物圖片，他看見了李小敏的員工證照片，長髮披肩，眉清目秀，眼神裡有一股倔強的傲氣。他看見了李小敏和她同性戀人的合照，那好像是一場生日會的場合，在蠟燭的燈光映照下，李小敏眼含淚花地笑著，喜極而泣。而她的愛人也是一樣的長髮披肩，看起來比較成熟，大概有三十歲了，化著十分時尚的煙燻妝，笑容燦爛。

李秩對照那張私家偵探拍攝的照片，同樣是那個長髮披肩煙燻妝的女人，但看起來更加年輕，她正擁抱著另一個女人，那女人梳著長馬尾，手裡還挽著一個藍色的編織籃，像個正要去買菜回家做飯給家人吃的平凡妻子。

李秩對這個藍色的編織籃太熟悉了——他記憶中每一頓媽媽的家常菜都是從這個籃子裡變出來的。

李秩如遭雷擊似地盯著那張照片，他死死地盯著那個綁著馬尾的女人。哪怕時隔多年，哪怕照片已經褪色泛黃，哪怕拍攝距離較遠，角度奇怪，但他還是認出了那張無比懷戀的臉——

那是他母親郭曉敏！

李秩猛地站了起來，抄起宗卷就往外跑，他飛快地撥通了李泓的電話，電話接通時他根本沒等李泓開口就吼了起來，「你在家等著我！我有事一定要問你！」

李泓連「喂」都來不及說一聲就被兒子掛了電話，他無奈地放下棋子，「老向，我先回家了，李秩那小子不知道撞什麼邪了，說有事一定要跟我說。」

向千山那平靜如石像的臉泛起了一點好奇，「哦？難道是要你跟我求個情？」

李泓哂笑，「你相信你自己說的話嗎？不過你現在能說了吧，為什麼找我下棋，不說我走了，那小子該回到家了。」

「王志高死了。」向千山拿起茶杯來啜了一口。

悅城的晚間新聞沒有報導這個消息，那就是消息暫時被壓下了——王志高雖然不是警察，但他是眾多案件的專家證人，祕不發喪，說明他死因有異，而且案情仍未明朗。

李泓皺眉，「我記得他跟你一樣，是反對林森推進心理調查組計畫的？」

「沒錯，他出事前我還拜託過他去勸林森，」向千山道，「你先回去吧，看李秩那小子要跟你說什麼，看他說完了還記不記得跟我說說案子。他整天都跟那個徐遙一起辦案，我都逮不到他來教訓了。」

「……先走了。」

聽到徐遙的名字，李泓的眉頭皺得更緊了。他離開茶藝館，沒走幾步就回到了俗稱警察大院的輝南社區，朝向最好的那一棟樓五樓，就是李家。

李秩出櫃以後基本上就沒回過這個家，過年過節也不會出現，頂多讓張藍把禮物跟錢帶過來，除非是他生病才會過來看看。但李泓身體硬朗，這十年間只發了兩次燒，李秩都是像啞巴一樣，該煮粥煮粥，該拿藥拿藥，等到他退燒了，又一聲不吭地離開。這次忽然說要回家找他，李泓心中不是喜憂參半，而是肯定絕對不會是好消息。

到了家門，便看見李秩站在門口，正在翻口袋。大概是敲過門沒有人回應，於是自己找鑰匙。

「我還以為你連家裡的鑰匙都扔了。」李泓走過去，李秩馬上抬起頭，挺直腰板往後退了兩步，卻也沒有開口叫「爸」，就那麼瞪著眼睛看他。

「扔了也沒差，反正你都不回來了。」李泓打開門，走進屋裡去。

李秩跟在他身後進門，也沒反駁他的話。家裡的擺設十年如一日，李秩感覺既熟悉又陌生。

李泓在單人沙發坐下，也沒在意兒子打量自己家的目光像在勘察犯罪現場，「說吧，什麼事情勞動李警官大駕光臨？」

「我查到李小敏的失蹤案了。」李秩隔著一張茶几的距離看著自己父親的臉，他看出來父親老了，但是眼神依舊像從前一樣銳利。

他不敢掉以輕心，生怕忽略掉任何一絲細節，「那個女人是誰？」

李泓狹長的鷹眼裡掠過不自在的神色，眼頭慢慢擠在一起，眉間皺出一個深深的川字，「我要是知道，怎麼會不記錄在卷宗裡？」

「……所以這就是你當初打我的原因？」李秩終於揭開了這道隱忍多時的傷

疤，他把卷宗扔到茶几上，戳著那張照片咬牙切齒，「就因為一張照片，你就覺得媽媽欺騙了你，她是騙婚的女同性戀，順理成章地生出了同性戀的兒子。但她死了你沒辦法，所以就要把我打死嗎?!」

「你是怎麼跟父親說話的！」李泓斥喝道，「我是不是要打死你，你自己不知道嗎？」

「我不知道！我只知道是張叔叔把我抱走，局長把我送醫院的！」李秩也吼了回去，「我就想知道，如果媽媽沒死，那你是不是會這樣打她！」

「我怎麼捨得打她?!」李泓嗖地站了起來，父子倆都是高大的身材，對峙時宛如兩頭駿馬狹路相逢，「我也想她能活著，那我就可以問清楚這究竟是怎麼回事，而不是只能在心裡回憶她，只能問我自己到底我和那個女人，哪個才是誤會！」

職業使然，李泓一向寡言，老婆離世後更沒有心情與人溝通，這番話恐怕是這麼多年來李秩聽到他說的最長的一段話了——同時，也是最真心，最坦誠的自述。

李秩緊抿著嘴不說話，他緩緩往後移動腳步，最後靠在了一堵分隔客廳和廚房的牆壁上。他的視線下移，牆邊一公尺多處有幾道彩色畫筆留下的痕跡——那是他十歲前每年生日量身高時畫下來的，那時候他才那麼點兒高，現在他抬手就能摸到天花板了。

「你記不記得，媽媽頭七時擺的解晦宴，主菜有一道煎釀苦瓜，你還夾給我吃。」李郅輕輕撫上了那些殘留的畫筆印記，「其實我不喜歡吃苦瓜。」

「……」李泓沉默著，也被那些彩色的痕跡觸動了回憶。

雖然李秩生日他不一定能趕回來慶祝，但這些量身高的劃痕全是他抱著兒子讓老婆畫的，不管晚多少天，這就像一個儀式，一定要等他到了才會進行——而那一天的餐桌上總有一道煎釀苦瓜，他便以為兒子和他一樣都喜歡吃苦瓜。

「你平常很少回來吃飯，但只要你一回來，媽媽就一定會做這道菜。我雖然不喜歡吃，但是她跟我說，爸爸工作很辛苦，如果他因為我不喜歡，就連在家裡吃飯都不能吃到喜歡的菜，那爸爸不是很可憐嗎？」

李秩轉過身去，那堵牆後就是廚房，杯盤碗瓢還是老樣子，但應該已經很少開伙了。

「這就是我對愛情最初的理解。愛一個人，就是要記得他喜歡吃什麼，不喜歡吃什麼，記掛他吃飯了沒有，就是一粥一飯的平凡想念。」

李泓的眼眶泛起了渾濁的紅絲，他用力咬著牙，抵抗鼻頭一陣陣的酸。趁李秩還沒回頭，他抄起那本卷宗，背轉身去，再次看了看那張曾讓他感覺被背叛被欺騙的照片。那個藍色的編織菜籃裡，還能看見露出了一截苦瓜的模樣。

「……拍這張照片的私家偵探，」李泓長長地吐了口氣，「在石尾街開了個雜貨鋪，大家都叫他波叔。」

李秩猛地回過頭來，「為什麼檔案上沒有記錄？」

「這是他提出的要求，大概是當私家偵探久了，怕得罪些什麼人。」李泓轉過身來，除了眼角發紅，已經看不出太激動的情緒，「我已經查問過他很多次了，但我知道你不親自問一次，是不會死心的。」

「……你剛剛是去哪裡了？」李泓的態度軟了下來，讓李秩有點不知道該如何接話，只能生硬地岔開話題。

「跟老向下棋去了。」李泓瞇了瞇眼，一瞬間又成了那個冷面無私的警察局長，「老向要你趕快向他彙報王志高的案件。」

「我本來就打算彙報的了……」但看見母親的案件就耽擱了——李秩沒把後半句說出來，「你既然知道了王志高的案件，那你有聽局長說起林森林教授嗎？我聽說他們也有一些牽扯。」

「……你問這個就是想知道對徐遙有沒有影響罷了。」李泓的臉色更冷了兩分，「他們確實都是徐峰的學生，林森想搞什麼你也是知道的，但王志高跟他們道不同不相為謀。至於徐遙，他的目的到底是……」

「他跟我一樣，只想要知道真相。」

「哦？一個想要知道真相的人，會躲在國外二十年，直到林森在體系裡站穩了陣腳才回來，又那麼湊巧地利用林森一直鼓吹的犯罪心理學去幫助你破案？」李泓哼了一聲，「你要是早幾年進警察局，肯定會被我罵死。」

「這不是託你的福，我才休學一年的嗎？」李泓對徐遙的偏見讓那層剛剛有了一絲裂紋的堅冰再次凍上，李秩的冷面恐怕是遺傳了他父親，還有青出於藍的趨勢。

他斂著眉眼扯著嘴角，伸出手，「卷宗還我，我要回去工作了。」

「我知道你喜歡他，但是他沒有那麼簡單……」

「卷宗還我！」李秩不想聽他對徐遙的指責，尤其在窺見過徐遙內心的恐懼以後，他更加相信這份驚恐裡也有他父親暴力辦案的貢獻，「其他與你無關。」

「……你好自為之。」

這倔脾氣也是遺傳自他，李泓也沒有辦法，只能把卷宗還給李秩，看著他氣沖沖地離開。

「一粥一飯……」

在歸於寂靜的屋子裡，李泓呢喃著這四個字，終於溼潤了眼睛。

徐遙這一夜睡得非常沉，他很久沒睡得那麼安穩了，睜眼時已經是早上七點。窗外的天色仍未大亮，還帶一點拂曉的灰——往常他都是這個時間才去睡。

徐遙抓抓頭髮坐起來，伸個懶腰，面對忽然多出來的早上，有點無所事事的感覺。

也許他該去警局看一看？儘管他就是個免費勞工，別說編制了，要是李秩不幫他打飯，他連便當都得自己出錢。

這個案件涉及到王志高，不管他這二十年間變成了什麼樣的人，都是他曾經很親厚的童年故人——徐遙這麼說服著自己，翻身下床，準備洗漱。

腳掌剛著地，手機螢幕就冒出了一個通知，是李秩傳了條訊息給他，可是他還沒來得及點開，李秩就把訊息收回了。

奇怪，李秩可是最清楚他那日夜顛倒的作息的人，怎麼會一大早傳訊息給他？徐遙皺著眉頭等了一會，也沒見對方重發一條編輯好的訊息過來，他輕嘆口氣，放下手機去洗漱了。

洗臉的時候發現頭髮有點太長了，那頭栗紅色的捲毛大半年沒整理了，髮根已經長出一截黑色，額前的幾縷頭髮都長到可以別到耳後了。

「該剪頭髮了，新年要到了……」徐遙看著鏡子自言自語。

媽媽還在的時候，每逢新年都會叮囑他去剪頭髮，即使在美國也一樣。她說這是一個兆頭，代表一切重新開始，無論過去好壞，都可以從頭再來。

想到這裡，他才驚覺還有兩週就是農曆新年了——這一年，他過得算好還是壞呢？

徐遙抹了把臉，回到臥室去，拿起床頭櫃上的手機，撥通了李秩的電話。

對方接電話的語氣夾雜著兵荒馬亂和受寵若驚，「喂……喂？徐，徐遙?!」

「你別告訴我，那條訊息是發錯人了。」徐遙一邊用肩膀夾著電話，一邊打開衣櫥挑衣服，「要是發錯了，你倒是告訴我，你們警局裡的人還會跟誰傳訊息說案子的？」

「那不是案子……」李秩急忙反駁，才發現自己被套話了，「你其實沒看到內容吧？」

「不錯，有長進。」徐遙拿了一件白色的襯衫和海藍色的毛衣，打開擴音，悉悉簌簌地換衣服，「不是公事，那是私事？」

「……你這麼早起床，還沒吃早餐吧？」李秩突然問道，「白粥油條？」

「你這老年人口味……」徐遙正想打趣他，眼睛就瞪大了，他胡亂把毛衣套上，跑到客廳打開了門。

李秩靠在他家門前的欄杆上，手裡提著早餐向他打招呼，「早上好。」

「……你是怎麼回事？」深冬的清晨，那灌入門來的冷空氣讓徐遙打了個寒顫，徐遙拉著他進屋，碰到他冰涼的手指，「發生什麼事了?!」

「我本來想請你陪我做一件事，可是我又想到你應該還沒起來，就收回去了。」

李秩說話的聲音很低沉，帶著微微的睏倦，徐遙詫異地看著他眼底下淡青色的黑眼圈，讓他坐下，「什麼事？」

「沒什麼，你吃早餐吧，還是熱的。」李秩搖搖頭，他還記得徐遙在這張沙發上跟他說過，人際交往是要有界限的，「吃好了，我們一起回警局去吧，那三個嫌疑人的背景資料都查得很清楚了，回去再研究。」

「……那你在這等一下。」

李秩不願意說，徐遙只能讓他一個人待著，徐遙回到臥室去換好另一半的衣服，出來的時候，卻見他靠在沙發上睡著了。

徐遙失笑，翻出了一條披肩，輕輕蓋到他身上，才到飯桌上吃起了李秩帶來的早餐。溫熱的白粥和香脆的油條搭配得恰到好處，徐遙也不得不承認胃是有祖籍的，不管在異國他鄉生活了多久，能給口腹帶來最大滿足感的仍然是五歲前熟悉的味道。

徐遙狼吞虎嚥地消滅了那頓被他嘲笑過老人家口味的早餐，李秩仍然歪在沙發上。他的身材高大勁瘦，舒展開手腳半躺著，彷彿一支竹竿紮成的長腳稻草人橫在客廳裡。

儘管李秩沒告訴他具體發生了什麼，但徐遙已經猜了個大概。昨晚他讓李秩向李泓報備，可在李泓看來他就是個逍遙法外的殺人犯，怎麼可能把自己兒子託付給他，又怎麼可能贊成讓他催眠李秩呢？李秩又吃軟不吃硬，肯定是鬧了個不歡而散，然後李秩就用工作麻醉自己，徹夜不眠，調查出了三名嫌犯的所有背景，大概也沒睡幾個小時。

不過，他仍然猜不到李秩本來想請他作陪的事情是什麼。

徐遙看看時間，剛過七點半，讓他多睡三十分鐘吧。他抓了個抱枕，走到沙發邊，想幫李秩墊到脖子下。

「……」

抱著手臂的李秩發出了幾聲迷糊的夢囈，徐遙沒管他，繼續輕手輕腳地托起他的頭，把抱枕往他頸窩裡塞。

「媽……」

李秩的夢囈在溼冷的吐息裡落進徐遙耳裡，徐遙心中一顫，不由抬頭，卻見李秩眉頭緊皺，嘴唇發抖，連夢話都是涼氣，並不像是夢到關於母親的快樂記憶。

難道他夢見了母親的死嗎？

徐遙嘆了口氣，那長長的劉海從耳邊滑落，輕拂過李秩的眼睛。

李秩猛然睜眼，深黑的眸色裡滿是疑惑，仍分不清是夢是醒的可怕讓他下意識伸手捉住最靠近的物體，把徐遙一把拉到了懷裡。

徐遙失了平衡跌到李秩身上，他硬生生撐下去半條手臂，才在兩人只差半分之間的距離處刹住了車。他瞪圓一雙琥珀色的狗狗眼，目光所及都只有李秩迷濛的眼眸。

「……沒事的。」徐遙把呼吸放到最輕最緩，生怕一個吐息混亂也會引起誤會，「惡夢而已，沒事了。」

李秩的眼中逐漸清亮，等他終於反應過來自己把徐遙摟到了懷裡時，他的臉轟一下全紅了，連忙鬆手，嗖地坐正了身體。

「對，對不起！我我我，我睡昏頭了！我不是故意的！」

徐遙也站直了，把那綹頭髮別回耳後，強作淡定，「做惡夢了？夢到你母親了嗎？」

李秩眨著眼睛躲避徐遙的目光，「你怎麼知道的？」

「你說夢話了。」徐遙倒了杯熱水給他，「別太焦慮了，一件事一件事慢慢來，我們處理完了王志高的案件，再去處理我們各自的家庭問題……」

徐遙頓了頓，好像是為了緩解剛剛的曖昧，補了一句，「你陪我回去那個民宿，我也會陪你回研究所的，不拖不欠。」

「嗯，你說得對，事有輕重緩急，慢慢來。」

李秩只是用力點頭，臉上的紅暈消退得差不多了，唯獨耳尖還是粉色的。徐遙笑笑，讓他也去洗把臉，兩人便回局裡去了。

出門得早，兩人到警局時才剛過八點，辦公大廳空蕩蕩的，只有兩個值班的員警堅守崗位。他們見了李秩，敬禮問好，「副隊長早！」

李秩回禮，「早，沒什麼情況吧？」

「情況倒沒有，但是有個人還沒走。」員警指了指會客室，「文守清還在。」

李秩詫異，他記得自己已經說了可以讓嫌疑人釋放，並且派了相關人員跟蹤竊聽了，他怎麼還在？「不是說他們家請了律師要把他帶走嗎？」

「他家律師是已經保釋他了，但是他不願意走。」員警也無奈，「他說想自己一個人在這裡冷靜一下……」

「這大冬天的不回家，在會客室裡過夜，可真夠冷靜的。」李秩皺眉，他和徐遙相視一眼，便一同往會客室走去。

「……我沒有惹事，只是一個誤會。」

才到門口，便聽見了文守清在會客室裡打電話，話語裡滿是不敢發作的焦躁，「我知道你們那邊是晚上，我也不想打擾你們休息……蔣律師已經把我保釋了，真的沒事……我沒有理由殺人啊！」

徐遙皺了皺眉頭，舉起手來敲了敲門，門後的說話聲馬上低了下去，「我要巡房了，不說了。」

「文醫生，」李秩推門進去，文守清「嗖」地把手機塞進口袋，挺腰直面李秩，他在這裡熬了一宿，形容憔悴，嘴唇上都冒出了淡青色的鬍渣，「我聽同事說你在這裡待了一晚，你是想提供什麼線索給我們嗎？」

「啊……不是，我、我就是想在這裡冷靜一下。」文守清清了清嗓子，聲音也因為緊張而尖利了一些，「我父母都在國外，家裡也沒有人……說起來丟人，鬼鬼怪怪的東西是我的罩門，經過了王主任的事情，總感覺心裡發毛，於是想在警局待著，人家不都說警局煞氣重嗎？鬼怪都靠近不了。」

徐遙輕笑道，「我還以為醫生都是看淡了生死的人，沒想到還會相信鬼神之說。」

「我的父母都是醫生，所以他們也希望我當醫生，」文守清垂了垂眼睛，「在醫院死的人不是我們害的，我們還盡量搶救了，所以那些鬼應該不會找我；但是王主任是死於非命，那就是枉死鬼了，傳說那都是厲鬼……」

「文醫生，我覺得你是太累了，才會疑神疑鬼。」徐遙上前一步，想拍拍他的肩膀以示安慰，沒想到被他躲開了——徐遙這才想起在某些傳說裡，肩膀上有「火」，拍肩膀會把「火」拍滅，滅了火就容易見鬼了，「……你看，這天也亮了，什麼鬼怪也不該白天出沒吧，你還是回去休息一下比較好，不然你的律師可能還會找我們麻煩。」

「蔣律師就是多事。」文守清誤會了是蔣律師因為他不肯回家的事情而向警察檢舉，於是他搖著頭摸出了手機，「喂，蔣律師嗎？……我沒事，你不要再跟我父母告狀了，我是自己想待在警局裡躲一下的……Baby 正生氣呢，不會讓我到她家去的……好了，你別再做什麼動作了，就這樣。」

「女朋友家也不能去嗎？」徐遙聽到了 baby 這個愛稱，「戀人吵架，買點禮物買束花，道個歉就好了，總比你在這裡捱餓受凍好。」

文守清又低了頭，「你說得對，我可以哄她……」說到這，他又抬起了頭，盯著李秩道，「你們放我走，那就是你們相信我是清白的了吧？」

「……如果有什麼新線索，還會需要你過來協助調查。」李秩沒把話說死，但他也感覺到文守清的語氣很奇怪。一般人不會問警察是否相信自己的清白，而是向警察強調自己是清白的。

「哦，好吧……」文守清彷彿很失望，他嘆了口氣，向他們微微躬了躬身，「那我先走了。」

「好好休息吧。」

李秩看著文守清離開，眉頭皺得越來越緊，「徐遙，你說過犯人應該是一個高智商的反社會人才，很自負很自信，對吧？文守清完全不符合側寫，但是他給我一種很奇怪的感覺，這是為什麼？」

徐遙搖頭，「我也沒什麼頭緒……你不是說整理好了他們三人的資料嗎？」

「嗯，都在這裡。」李秩帶徐遙到辦公大廳去，從警用平板電腦中調出了文守清的檔案，遞到徐遙手裡，「文守清，二十三歲，二院的實習醫生，父母都是醫生，現在在國外開診所，沒有犯罪記錄。根據文守清的履歷，他從小就是高材生，高分考上醫學院，主攻精神科，成績也一直名列前茅，但是實習期得到的評價卻很差。這裡是他過去一年的評估，王志高對他的評價是『不會把理論應用到實際』『和病人溝通有待加強』。一個高材生忽然被這麼貶低，會不會讓他心理產生問題，想要報復呢？」

徐遙快速瀏覽著文檔後的網路連結，那都是他的社交網路記錄，「有可能是，也有可能不是，但我覺得他雖然是高材生，但不見得是個自信的高材生。你看他說話時都會不自覺地垂下眼睛，還有他說話從來不用『我』做主語，這在中文表達裡是很奇怪的。但是抱怨的話語他倒是會說『我怎麼怎麼了』，可見他日常生活裡很少表達自我，一旦表達就是不滿……你記得我問他醫生怎麼怕鬼的時候，他的回答嗎？」

李秩點頭，「我記得，他沒有說自己為什麼怕鬼，卻說了父母都是醫生，有點答非所問。」

「這話的言外之意就是他自己並不想當醫生，而是父母想讓他當醫生。儘管他很怕鬼，但為了滿足父母，還是選擇了從醫，然後權衡一下，當了一個不用直面生死的精神科醫生。」徐遙翻著翻著，指著一個頁面道，「這個是她的女朋友 baby 吧？」

那頁面是文守清發的一個公布自己有女朋友了的貼文，在配圖裡，倒映在玻璃裡的兩個人並肩牽手，而手機的位置擋住了臉，配文是：「今天，終於牽到了妳的手」。

「應該是他的女朋友，但這個 baby 除了在這條貼文動態下點了讚，就沒有任何蹤影了，看不到長相，也沒查到是誰。我們問過他的同事，那些人也說沒有見過她。」李秩想了想，「會不會其實這個 baby 並不存在，他只是想滿足父母要求他結婚生子的願望，才找人擺個姿勢拍的？」

「我倒不覺得他父母很在乎他戀愛結婚的事，你看他們，在這條留言下只是點讚，還不如他發的醫學院錄取通知書呢。」文守清發錄取通知書那條貼文下，他的父母寫了七八行字的寄語，要他好好學習、救死扶傷之類的。

徐遙關閉了頁面，「能查到這個 baby 是誰嗎？」

「鑑識組應該可以查到，你覺得他的女友身上有疑點？」

「說不上來，但是文守清一定很聽女朋友的話，」徐遙道，「目前從這些資料可以看出，他是個從小對父母言聽計從、沒有什麼主見的人。他希望能找到一個人永遠對他下指令，所以他對我這個陌生人提的意見都很快接受了，卻對他的律師發火，因為律師從來都是只提供參考意見，而不會替當事人做決定。」

「你懷疑他的女友是主謀，他是聽她的話殺人的？」李秩感到不可思議，「再怎麼沒主見，這也太過火了吧？」

「如果你想要我提供專業的意見，那麼我會說既然這三個人都不符合側寫，那就是存在著第四個人，」徐遙那略長的瀏海蓋在眼鏡框上，讓眼睛籠罩著一層淡淡的陰影，看上去像沒睡醒，連話語都拖上了尾音，「判斷是否存在第四個人的關鍵在於這個人是以什麼方式躲過監視器，又能影響到當天在二院的實際情況。而心理控制就是一種很好的隱形方式，這三個人裡，駱飛揚是典型的富二代，楊綠是堅守崗位的職業女性，文守清的性格是相對好控制的。」

「我明白了，我馬上讓鑑識組查這個ＩＰ。」李秩點頭，「徐遙，我有一種奇怪的預感。」

「嗯？」

「如果真的存在第四個人，也許這個人就是把那張『戀人』拿走的人。」李秩看著徐遙的眼睛，「你現在可以告訴我，馬賽塔羅裡的戀人，跟其他戀人有什麼區別了嗎？」

徐遙愣了一下，他本來沒打算告訴李秩，怕干擾他的調查，沒想到他也感覺到了這兩條線也許並不是平行線，「你記得我說過，馬賽戀人牌裡有兩名少女嗎？」

「嗯，所以，是三角戀的意思？」李秩心想難道王志高還和學生的女朋友搞外遇？

「差不多吧。」徐遙道，「背叛，嫉妒，總之就是一個慘烈的愛情故事。」

明明徐遙什麼都不知道，但李秩仍然覺得他的話那麼正好地戳中了他的痛處。想起那張關於母親的曖昧照片，他低下了頭，沉默地往鑑識組走去。

「沒問題，可以查的。」

到鑑識組去說明了緣由後，趙科林讓一個年輕小伙子過來，「戴聰過來一下，聽副隊長吩咐。」

「副隊長，您有什麼吩咐？」小伙子戴聰一臉稚氣，看起來像個還沒畢業的大學生。

李秩想起了他就是那個因為電腦技術高超而被破格錄取，連警校都沒讀就直接入職的小男生，大家還說笑他像小號的趙科林。

「戴聰，幫我查一下這個帳號的主人，主要集中在她跟文守清的關係上，多久可以查到？」

「不用很久，你去吃個早餐，回來就行。」

「哦，現在搜查市民隱私這麼方便啊，連個申請書都不用寫？」

戴聰正跟李秩拍胸口保證，就聽見一個上了年紀的男人聲音從門後傳來，然後副隊長和他的組長趙科林的臉色就一起白了，嗖地轉過去齊齊敬禮。

「局長好！」

門外走進來的正是局長向千山，徐遙認得這個當年也參與調查他父親案件的人，忽然冒出一個念頭，為什麼李泓提早退休了？

「局長，事關人命的刑事案件，也是符合程序的……」

戴聰愣頭愣腦地解釋，被趙科林一巴掌呼到了腦後，「是不是開玩笑你不會分嗎？」

「條例背得不錯，小趙沒提拔錯人。」向千山微笑一下，轉向李秩，「李秩，我不過來你就不打算跟我彙報案情進度了？」

「這不是還沒八點半嘛，我是打算讓戴聰核實一個情況以後再向你彙報的！」

李秩跟隨張藍多時，把他應付局長的招數學了個八成，「局長怎麼一大早過來這邊？」

「跟你一樣的打算，想趕在別人開口前先彙報了。」

向千山需要彙報的單位那就是市府了，李秩的臉色一沉，心知不妙，識趣地請向千山到辦公室去，關起門來，才向他詳細地解釋了那些零碎紛擾的案情線索。

向千山臉上掛著一貫被稱為石佛的平靜，等李秩把最後那個 baby 的疑似女友也說完了，才慢悠悠地敲著桌子道：「李秩，你有多大把握這是感情引起的案件？」

「沒有把握。」李秩如實道，「在我們把這些線索理清楚之前，無論多明顯的結論也可能是錯的，同樣，再微小的線索也可能是關鍵。」

「那你這些最微小的線索裡，有沒有把林森也考慮進去？」向千山「咚咚」地敲著桌面，李秩不知不覺連呼吸都跟著這個節奏放緩了，「王志高在出事前還見過林森，他們因為辦案理念而不合，相信你也有聽聞。」

「我查了，林森在見過王志高以後，當晚就上了高鐵到F市參加一個學術研討會，根本不在悅城。」

「你是什麼時候查的？」

「一開始。」李秩摸不著頭腦，調查受害人最後見到的人，不是最基本的辦案順序嗎？

「那你是怎麼回事，不問還不說了？」向千山停下了敲桌子的手，李秩的呼吸也一下子頓住了，「你以為我來問案情，最關心的是什麼部分？」

李秩憋著一口氣，明白過來這是上級想要盡快排除林森的嫌疑——王志高死了，能夠擔起案件的精神鑑定工作大梁的就只有林森，如果他牽涉在內，那警方就一次失去了兩位頂梁柱級別的人物了。

「我、我以為只要把真凶捉住，就能讓大家安心……」李秩道歉，「我馬上補充一份林森教授的不在場證明！」

「你是真的忘了，還是不想讓徐遙知道你查過林森？」向千山站起來，辦公室裡只有他們兩人，徐遙也在門外等候，「昨晚你跟老李說什麼了？該不會真的把徐遙領回去了吧？」

李秩連忙搖頭，「沒有！我只是在一接到報案時就查了，於是馬上排除了他，後面出來的證據又很零散，才會忘了報告……」

「你馬上就去確認林森的清白，那不還是一樣嗎？」向千山拍了拍他的肩膀，「儘管這次你的方向對了，但我還是要提醒你，再有涉及徐遙的案件，你最好多提醒自己一句，不要跟你爸犯同樣的錯誤。」

「我爸？」李秩皺眉，「他……以前辦案犯過錯？」

向千山想必是猜到昨晚他們父子一定不歡而散，才會故意來透露一些當年往事，讓李秩體諒李泓的。

「你媽媽的案子……後來在一宗失蹤案裡發現了一些蛛絲馬跡，他被感情干擾，打了那個線人一頓，被人檢舉了，後來態度也越來越差，過不了多久就自己提出提早退休。但我知道，他就是想自己一個人繼續查你媽媽的案件。李秩，我把你當作侄兒，只希望你不要像他一樣被感情沖昏了理智。」

李秩終於明白李泓說他「查問了很多次」是怎麼查問的了，「局長，我也把你當長輩來說一句心裡話。你和隊長都是我的前輩、兄長，我很尊敬你們，不過徐遙也是我很重要的一個朋友。但你們總是把他當作特意來擾亂我的妖妃，一直提醒我要小心他，這讓我感覺很奇怪。我希望你們能相信我的判斷，相信我不會因私失公，相信我是一個及格的警察。」

向千山看著李秩，以前他都是安安靜靜地跟在張藍身後，這還是他第一次那麼直白坦率地說明自己的想法。他竟覺得自己也沒那麼理解這位老友的兒子，辜負了老友的託付。

「我就記住你這句話了，我希望你能成為一個不只是及格的警察。」

「是，局長！」

向千山問明情況後，也動身往上級機關去了。李秩送他出門，剛開門就看見徐遙在門外等候。徐遙聽見開門聲就站直了，向他們點了點頭。

「徐遙先生，」向千山主動跟他說明，「我聽說你後來也加入了刑偵相關的行業，那你應該能明白我們的無奈。」

徐遙知道他在為當年李泓用的逼供手法辯白，他無奈地點了點頭，「我理智上是明白的。」

「那希望你的理智永遠能戰勝你的感情。」向千山像是對徐遙說，也像是提醒李秩。李秩略彎了彎腰表示受教，才把這位大長官送走了。

「我認得他，當年他勸過你爸不要太狠。』目送向千山的車子駛離，徐遙僵硬道，「可惜沒用。」

「……對不起。」李秩轉過頭去，徐遙的目光落在門外，但眼中的思緒卻分明迷失在渺遠的記憶盡頭。

他突然被一種熟悉的恐懼攫住了，那是明明觸手可及的幸福在頃刻粉碎的恐懼。就像做惡夢的時候會下意識地抱住最靠近的東西，他一伸手就把徐遙拉進了懷裡，「真的很對不起。」

徐遙的第一反應還是把他推開，「不關你的事……我們去看看趙組長有沒有找到那個baby吧……」

「我知道你現在還是不想回應我。」李秩這次卻用力把他箍住，「但是我……」全世界都覺得你是做了什麼擾亂我的妖惑行為，但我卻明明被你推得遠遠的，哪怕走近一步，也會引起你的無限警惕。

還不如真的讓我坐實了被感情沖昏頭腦的罪名呢！

「但是你跟你爸不一樣。」徐遙捉住他的腰，「你不會為了自己的利益，不管我的感受，不管我在乎的真相，不管我身處地獄般的痛苦，硬要我去給出一個我無法承擔後果的結論。」

這話醍醐灌頂，把李秩一瞬間的委屈洗得乾乾淨淨。他馬上鬆了手，還往後倒退了兩大步，嗖地向他鞠了個躬。

「對不起！我又犯病了！我肯定是被我爸和局長連著說這些，才會這樣的！請你原諒我！」

「我沒死，別向我鞠躬。」徐遙噗哧一下笑了，剛剛李秩那滿身的雄性掠奪氣息如潮水一般後退，又變回那個乖乖地睜著眼睛聽他教訓的乖巧警官了，「現在可以去找趙哥了吧？」

「嗯！走！」

李秩恨不得身後長出一條尾巴搖兩下表示悔改之心，他連連點頭，和他一起去找趙科林了。

「副隊長！」一見李秩，戴聰也不管級別不級別的，衝上來就問，「怎麼了，你沒被局長訓話吧?!」

李秩忍俊不禁，這傢伙怎麼這老實？

「訓兩句又不會掉塊肉。你這邊查得怎麼樣了？」

「完全沒難度。」戴聰把筆記型電腦轉到李秩那邊，「這個 baby 的用戶是一個美術學院的女大學生，叫方碧……」

「什麼！」李秩驚訝地看著電腦螢幕上那張豔麗的臉，「她是文守清的女朋友？」

「是、是啊……副隊長你認識她？」戴聰瞪大眼睛看著他，又看看徐遙——徐遙不知怎地從他眼裡看出來「你的情敵嗎?!」的戲劇性疑問。

「先別說這些，還有別的線索嗎？」

「別的線索？什麼線索啊？」

戴聰雖然電腦技術一流，但偵查方面的反應還是跟不上。

趙科林看徒弟丟臉了，連忙解釋道，「王志高的血液裡有丙烯顏料的痕跡，所以我們應該查查看他們有沒有能夠接觸到這些物質的固定私人場所。既然方碧是美術學院學生，就該查查有沒有工作室或者畫室。」

「哦哦！我明白了！哇，我忽然覺得自己好像美劇裡的精英！」戴聰扭了扭脖子，雙手在鍵盤上飛舞，一行行快速湧現的代碼看得李秩和徐遙目瞪口呆，他們才真的覺得自己是在看美劇裡的精英，「有！文守清以他的名義租了一間套房，接著又找了人去裝修，根據裝修清單，應該是間畫室沒錯！」

「等等，文守清剛剛走的時候是不是說他要去找女朋友？」如果心理控制的說法成立，那麼以文守清此時那麼害怕驚懼的情緒狀態，方碧很容易操縱他自殺！

徐遙一把捉住李秩的手，李秩意會，「地址給我！馬上聯繫最近的派出所警員到畫室去！我們馬上過去！」

「是！」

文守清租下的畫室距離美術學院不到兩個街區，是一間時尚的單身公寓改造的，管理費沒有白交，一接到派出所的通知，保全主任馬上就趕回來，還叫手下把那棟樓看好，不讓人進出。李秩他們趕到時，一群人已經以圍剿的方式堵住了所有出入口，連外牆的水管跟逃生梯都有人守著。

「裡面有人回應嗎？」李秩問派出所的頭兒。

「我們讓保全喊過門，但沒人回答，門是鎖著的。」

李秩撥了文守清的電話，關機；接著又打了方碧的號碼，幾秒以後，門裡就傳來了一陣流行歌鈴聲。

李秩沒有掛斷，任由手機繼續響，朝兩邊拿著撬門工具的隊員做了個「開」的手勢。警員們動作迅速，一人卡一人砸，喀噠一下就把鎖砸開了。眾人警惕地進入，這個開放式的一室一廳，畫室一眼就能看到底，方碧的手機就掉在畫架旁邊。

但是，方碧人呢？

李秩聽到滴答滴答的水聲，他留意到旁邊一個小隔間，應該是衛浴間，他示意大家注意，踢開了門。

「方碧！」

卻見浴室裡滿溢帶著薄紅色的水，浴缸中躺著昏迷不醒的方碧。她的額上有明顯的傷痕，手腕被割了一道深深的傷口，最為人寒心的是，浴缸中竟然還鋪了一層厚厚的紅色玫瑰花瓣！

徐遙怎麼都沒想到他提議文守清買的花竟然會是這個用途，不等李秩把方碧撈上來，就衝上前去捉住她手腕，用手帕綁緊了傷口，「叫救護車！」

「等不及了！現在就要送她去醫院！」李秩把方碧抱出浴缸，這個文弱的女孩輕得像個玩偶娃娃，「通知下去，全城通緝文守清！」

「是！」

李秩抱著方碧快步跑出去，徐遙想要跟上，卻在門口停住了。

他回頭看了一眼畫室，留意到畫室角落裡放著一支海報筒——在王志高的屍體被發現的那天，他們第一次在「旅人」畫廊見到方碧時，她就是背著這個海報筒。

徐遙走過去，打開了它，抽出捲在裡面的畫。

滿溢的愛意和嫉妒，衝突又和諧地融合在一個畫面裡，匯聚在畫面中的那個紅披風少年身上——

馬賽塔羅裡的「戀人」，蘇旅的「戀人」。

徐遙沉默片刻，他拜託趙科林留在現場搜證，也動身趕往了醫院。

方碧的意識慢慢恢復了，但是她感覺很睏倦。在睜開眼前，刺鼻的消毒水味首先湧進了她的感官，她小巧的鼻子皺了皺，彷佛用盡力氣，才撐開了眼皮。

「方碧，妳醒了！」

裘飛飛焦急的聲音在耳邊傳來，方碧側過頭去，便看見床邊站了一排人，裘飛飛，李秩，還有徐遙。她困惑地皺起眉頭，聲音微弱，「飛飛……我怎麼……」

「妳那混蛋男朋友在哪裡！抓到他我一定先揍他一頓！副隊長，徐老師，你們都不准阻止我！」

裘飛飛直跳腳，李秩拍拍她的肩膀，一根手指壓在自己嘴上，示意她放低音量。

裘飛飛這才閉上了嘴，哼哼地讓開位置，讓李秩和徐遙靠近問話。

「妳還記得我們嗎？」李秩問，見方碧點頭了，又繼續問道，「我接下來要問妳的東西有點多，妳能負荷嗎？」

方碧一臉茫然，「我能不能先問一下，我到底怎麼了？我記得我在畫畫，然後阿清來看我，但是後面的我都忘了。」

「他襲擊了妳，把妳打暈，還把妳放進浴缸裡，但我們還不清楚他為什麼要這樣做。」李秩道，「他有沒有跟妳說過，他昨天之所以沒來接妳，是因為他涉及一宗謀殺案，被我們拘留了？」

「謀殺！」方碧瞪大眼，「不，不會的，他那麼膽小，不可能真的那樣做的……」

「真的那樣做？」徐遙皺眉，「他之前就跟妳說過他要殺人嗎？」

「……沒有，他沒有說要殺人，他只是，只是說不會再讓他欺負我……」方碧的聲音低了下去，她側了側臉，好像想掩飾什麼。

「那個他指的是王志高嗎？曾經幫你們辦過繪畫教室的王教授？」徐遙看了李秩一眼，李秩便帶裘飛飛出去了。

徐遙拉上水藍色的簾子，坐下來平視著方碧的臉，「妳不用擔心，我是同性戀，對女人沒興趣。」

方碧撐著沒受傷的手靠著床頭坐起來，「你怎麼知道我……」

「我們鑑識組的同事在尋找文守清的女朋友時可是費了一點功夫。」徐遙搖搖頭，「像妳這麼漂亮的女孩子，又是孤兒，要保護自己太難了。」

「阿清願意保護我，他是第一個對我說要保護我的人。可是，我沒想到他真的會這麼做……」方碧抽泣起來，「事情已經過去那麼久了，我只是想跟他傾訴一下，沒想到他這麼傻……」

「過去那麼久？」

「當年那個彩虹計畫，你們都已經查到了對嗎？」方碧擦著眼淚，徐遙的手帕已經不能用了，他只好保持耐心等她慢慢說，「當年王志高在彩虹育幼院辦繪畫教室，我雖然被領養了，但也會經常回去看看，他發現了我……他說我很有畫畫的天賦，想幫我單獨上課……我那時候只有九歲，什麼都不懂。我很害怕，但是我才剛被領養，不敢跟養父母說。還好那個計畫兩年後就停止了，我以為我的惡夢已經結束了……」

「可是現在妳又遇到他了。」徐遙皺眉，「怎麼遇上的？」

「有一次紅姐把手機忘在畫廊裡，讓飛飛幫忙送去給她，那時候我跟飛飛打算去看電影，就順道一起去了。結果就看見王志高在紅姐的辦公室裡，他一眼就認出我了。」

王志高負責很多案件的精神鑑定，到警局去跟法醫商量事情也不奇怪，徐遙嘆口氣，「所以他又糾纏上了妳，而文守清為了保護妳，就把王志高殺了？」

「雖然阿清說過他是個醫生，有很多方法可以殺死他，但是我覺得他不會有這個膽量去實施的。他就是那種媽媽的乖寶寶，我真的不知道他會這麼做。」方碧落下了大滴大滴的眼淚，「是不是我害了他？」

「……那他為什麼要傷害妳呢？既然他那麼愛妳？」

方碧猛地抬起頭來，婆娑的淚眼無助地看著徐遙，也是一樣的疑惑，「我不知道，他為什麼要傷害我？我不知道他傷害我了啊，我甚至都沒感覺到痛苦……啊！」

「怎麼了？」

「我記得他說過，如果他再也保護不了我，就先讓我沒有痛苦地離開，我那時候以為他只是說笑的。」方碧把臉埋進膝蓋上，嗚嗚地哭了起來，「連你也這樣對我……連你也這麼對我……」

「妳休息一下吧，不要太激動了。」徐遙沒有碰她，他拍了拍床沿，便拉開簾子離開。他見裘飛飛在外面等著，便請她陪一下方碧。

「方碧都招了什麼？」裘飛飛離開後，李秩才向徐遙問道，「凶手真的是文守清嗎？」

「如果你要說真正下手的人，那很有可能是文守清；但是讓他這樣做的人，恐怕不是他自己。」徐遙若無其事地聳聳肩，「如果你要的是一個負責下手的凶手，那現在也可以結案了。」

「你明知道我不會就這樣算了的。」徐遙的態度讓李秩覺得很奇怪，「你懷疑方碧自導自演？」

「不，她不需要自導自演，她是真的教唆文守清殺她，用類似『你走了再也沒人保護我，不如你讓我走得輕鬆些』的藉口。」

徐遙回憶著剛剛和方碧的對話，冷笑了一下。

「我覺得自己像陪人對了一次臺詞。我的每一個問題，她都能完美無缺地回答，並且流暢地引向一個電視劇般的結尾。但這是不可能的，真正的受害者思維是混亂的，如果不清楚凶手作案的前因後果，不可能這麼順暢地把一切緣由連貫地說出來，總會斷斷續續，時不時想起一些細節，又再補充兩句，最後才能歸納出來龍去脈。你做了那麼多次筆錄，除了說謊的人，誰能和你對答如流？」

李秩又不明白了，「可是，如果她說謊，我們一找到文守清就能對質了，她這樣做……難道文守清也已經死了嗎？」

徐遙抹了抹唇，「那就要看對於她來說，他是死了還是活著的價值更大了。」

「我覺得是活著。」李秩試著代入方碧的思路，「如果文守清死了，那麼犯罪動機，作案手法，凶器等等，還要我們搜查一輪才能找到，說不定一搜就搜到了別的方向；但如果他活著，他又願意承擔這份罪名，否認是方碧教唆他的，那麼他自然會全盤托出一切定罪線索，對她來說最安全。」

徐遙抬頭看著李秩的眼睛，「李警官，進步很多啊，很快可以從初級班到中級班了。」

「是啊，也不看看是誰教的。」

李秩平常不怎麼會說話，唯獨誇獎徐遙的時候思路無比開闊，徐遙都被這馬屁搞得有點尷尬了。他乾咳兩聲，回到案情討論上。

「我還發現了一件事。張紅不是說過，育幼院的小朋友只以為那是個繪畫課，並不知道這是一個心理實驗嗎？」

「嗯，對，連當義工的任所長也以為只是個公益活動。」

「可是，剛剛方碧說了『彩虹計畫』。」徐遙伸出手指在空中畫了一個圓，「兩條線合攏了，但是我們還要查明它是怎麼合攏起來的，也就是說……」

「誰把這個計畫告訴了方碧。」

「還有，」徐遙的手在空中握成拳頭，「那些被認為是失敗案例的孩子，到底都是怎麼樣的失敗。」

李秩的心沉了下去。

文守清家境優渥，父母長期在國外工作，只留下他一個人在一棟大房子裡生活。文守清自從交了方碧這個女朋友，就在美術學院附近租下了一間單身公寓，完全按照方碧的喜好重金裝修了一遍，文藝精緻的風格隨便找個地方就能拍出網紅照片。一進門，映入眼簾的便是客廳、畫室及臥室連成一片的廣闊空間，只有幾重垂落的米白色薄紗把功能區隔開，飄飄揚揚的，如果忽略伏在地上，趴在書櫃上，爬在架子上等等以各種姿勢收集著指紋毛髮等線索的鑑識組人員，還是十分夢幻的。

「副隊長，」趙科林迎上去，「那個女孩子沒事吧？」

李秩搖搖頭，「現在沒事了，你們有找到什麼東西嗎？」

「找到了很多指紋和毛髮，是誰的還得回去比對。另外，浴缸裡的血水也取樣了，要回去化驗了才知道有沒有問題。哦，對了，我們找到了一張發票。」趙科林取來一個證物袋，裡頭是一張花店的收據，「時間是今天早上十點多，我想這就是那些散落在現場的玫瑰花的來源了。」

「守護天使……戴聰，能找到這間花店的地址嗎？」

「已經找到了！」戴聰道，「王哥已經去那間花店找文守清的線索了！」

徐遙露出一個笑容，「你的人越來越能幹了，我們可以專心搜查方碧的方向了。」

「那還是得謝謝你，自從你救了他，他就一直把你當偶像，非常積極地學習刑偵技巧！」李秩由衷地誇獎道，「他們喊你徐老師，可不是隨便喊的。」

「……你就別拍馬屁了，不然我真的要收費了。」徐遙揉揉發燙的耳尖，快步走向畫架，把豎立在牆角裡的海報筒打開，「剛剛我就發現了，但是情況緊急，來不及叫你看。」

「……戀人?!」李秩一眼就認出了蘇旅那強烈的個人風格，「為什麼它會在這裡？」

「我剛才也想問方碧這個問題，但是她很聰明，用哭泣的方式控制著我問話的方向。」徐遙搖頭道，「無論我問什麼，她都能哭著說自己想說的事情，等她說完了就只要哭就行了，根本不用回答我想知道的問題。」

「就算你問了，我覺得她也不會告訴你真話，」李秩讓趙科林過來把畫帶走，「小心點，這畫有些年分了，顏料有點脆。」

「好的，」趙科林讓人把畫小心封存進證物箱，與此同時，兩個警員合抱著一個大紙箱從後頭的儲物間走出來，徐遙喊住了他們，「稍等一下！」

兩人停下腳步，徐遙看了看那個大箱子。是一個快遞箱，箱子上的簽收寄發資訊已經被塗掉了，但是還能看見訂單的編號，「哪裡找到的箱子？」

「就在儲物間裡，原本是放雜物的，我們看它挺大，就把東西都放進去了。」一名警員道，「玩藝術的人家當就是多，滿滿都是各種畫材，我們只能都搬回去再慢慢調查。」

「嗯，好的，麻煩你們。」徐遙把快遞單號拍了下來，接著走到那個儲物間去。

儲物間並不是常人印象中的小房間，而是一個小型倉庫，整整齊齊地排著好幾個貨架。貨架上的東西大多都被鑑識組搬走了，只剩下幾個素描用的石膏像，孤零零地待在底層的架子上。

「我們經常說鑑識組是抄家式搜證。」李秩也走了過來，他手上拿著一個資料夾，「剛剛你喊停的那個快遞箱裡，有這麼份文件。」

「彩虹計畫?!」徐遙一看標題眼睛就瞪大了。

這份報告跟王志高辦公室裡的那份大致相同，但是在實驗終止的原因裡，除了收效不明顯外，還有一個「實驗中，有樣本意外退出」。而這個「意外退出」在附件裡有幾行字描寫，一名叫做齊珥的女孩失足墮樓死亡，雖已證明是意外，但該事故為其餘實驗者帶來的心理影響太過強烈，破壞了實驗條件，因此終止了計畫。

徐遙皺眉，「出了這麼大的責任事故，居然說是意外就不追究了？」

「意外死亡的話就不入刑事宗卷，我讓魏曉萌查一下戶籍記錄。」李秩道，「你剛剛拍了快遞單號吧，傳給我，一併查了。」

「你怎知道我要查快遞單？」徐遙一邊問，一邊把照片傳了過去。

「不查你拍來幹嘛？」李秩一臉「我早就看透了你的招數」，「如果方碧是看了這份報告才知道『彩虹計畫』的，那麼是誰給她這份報告的呢？而這個齊珥又跟方碧是什麼關係？方碧是因為她才會對王志高產生殺意的嗎？」

徐遙彎著嘴角看他，「你好像完全不相信王志高性侵害過方碧？」

「我覺得你喜歡的人應該不會這樣做，哪怕已經過了那麼多年，但道德底線是不會變的。」李秩道，「我也跟你說一個我的偏見，那些意圖性侵別人的高知識分子在選擇受害人時都會挑好控制、不吭聲的老實孩子。方碧看起來就不好惹，而且她太漂亮太醒目了，他們不會選擇這樣的人下手。」

「你說的不是偏見。」雖然李秩說的是「偏見」，這「偏見」卻和犯罪心理學裡得出的結論一樣，但李秩肯定是沒學過他那些課本的，那就是說，這都是他從實際辦案裡得出來的經驗總結，「果然實踐出真知啊，李警官。」

「我又哪裡說錯了？」李秩撓撓頭髮，徐遙只有在調侃他的時候才會叫他「李警官」，「難道你覺得王志高也有可能對方碧出手？」

「我不信，但文守清恐怕是信了，至少，在他看見彩虹計畫的時候，他真的覺得王志高對方碧做過什麼不可告人的事情。不管他是自己翻到的還是方碧讓他看到的，這都是他殺死王志高的原因。」徐遙嘆了口氣，「他認為自己是在保護她。」

「所以他想殺死方碧也是因為想保護她？」李秩不解，「可是他在被訊問的時候，沒有表現出自知難逃罪責的頹喪和絕然。你也看到了，他還在跟父母和律師發牢騷，還說了和女朋友吵架的事情，不符合想要把一切攬在身上的悲劇情結。」

「所以問題在於他來找方碧以後，發生了什麼事，讓他覺得事情已經到了這麼狠絕的地步。」徐遙認同李秩的說法，他看了看手表，「要不要跟我打個賭？」

「打賭什麼？」

「打賭什麼時候找得到文守清。」

「我們有線索，那個花店也有監視器，順著監視器影像找，應該很快……」

「我猜一個小時以內，而且是自首。」徐遙正說著，李秩的手機就響了，來電顯示是警察局打來的。

徐遙做了個「請」的手勢，李秩瞪大眼睛，半信半疑地接了這個電話，「喂，我是李秩……」

「副隊長！文守清來自首了！」

李秩驚訝得半張開了嘴巴，徐遙拍拍他的肩膀，「美式咖啡，冰的，大杯，多加糖漿。」

文守清再次出現在永安區警局裡，但他的神情和早上截然不同。他的脊背僵挺、腰腿繃直，兩手壓在桌面上左右交疊，下巴收斂，眼睛直直地盯著前方，卻不像是盯著訊問他的王俊麟和魏曉萌，而更像是盯著他們身後的單面玻璃，彷彿能看到那玻璃後的李秩和徐遙。

「如果是你殺了王志高，那為什麼你昨天拒絕承認，現在忽然又自首了？」王俊麟敲敲桌面讓文守清的視線轉回來，「你是不是在外面跟什麼人達成了協定，幫別人頂罪？」

「我昨晚以為自己的計畫天衣無縫，所以矢口否認，」文守清轉過眼睛來，目光垂下，盯著自己的手掌，「但是今天早上我見過你們的隊長和另一個警官，他們提醒了我一件事，讓我知道自己遲早會被發現的，那倒不如來自首，還可以求個減刑。」

「沒錯，我們已經透過網路技術找到了你的女朋友，自然也會找到那個畫室，只要一化驗，就知道王志高血液裡那玩意是怎麼回事了。」王俊麟留個了心眼，沒明說「那玩意」到底是什麼，「那現在你交代交代，你為什麼要殺他，又是怎麼殺他的？」

「王志高以前在育幼院裡以做研究為理由，侵犯那裡的孩子，造成她們的心理創傷，然後又草草終止計畫，把那些孩子的變化都歸咎到心理研究上。他以為這麼多年前的案件沒人會發現，但是不巧，我女朋友baby就是其中一個受害者。她偶然之下重遇了他，而王志高居然還不肯放過她，還威脅她，要是她不服從，他不光會讓我不能轉正，而且還會讓我永遠無法在醫學界立足。Baby為了我，忍受了那麼大的痛苦，我身為她的男朋友，自然要替她出頭！」

文守清的說辭果然如同徐遙所料，而且從他義憤填膺的語氣和憤恨難當的表情來看，他是真心實意地相信，是王志高先侵害方碧的。

「那天他來到了baby的工作室想欺負她，baby很害怕，趁他不備，用混有安眠藥的茶水迷暈了他。她不知道該怎麼辦，通知了我，我就想到了用抽血來掩飾凶殺現場。我在工作室裡把他的血抽掉了大概三公升，然後把他放進車尾箱，連同血液一起運回二院。我用輪椅把他偽裝成病人，推到樓梯間，補了幾刀，把血灑下，然後再去打卡上班，整晚都和別人待在一起，這期間間隔不到三十分鐘，驗屍也不可能精確到分鐘，就算看出那些刀都是死後補的，也猜不到他是在哪裡死的。」

「你智商那麼高，怎麼會留下破綻？」魏曉萌以吹捧的方式套他說話，「是你的女友拖了你後腿吧？」

「不，baby什麼都不知道！」文守清卻激動了起來，他兩手一拍桌面，「我殺人時把她趕出去了，我說我是男人我來處理，她什麼都不知道！」

「既然她什麼都不知道，你為什麼要殺她滅口呢？」王俊麟道，「我們已經把她救回來了，她說就是你打暈了她！」

「我的確傷害了baby，但我是迫不得已的。我無法保護她了，我不能留她一個人在這麼險惡的世界裡！」文守清說著說著，眼睛裡竟然泛起了淚光，「她那麼美好脆弱的一個女孩子，在這個世界裡受過了多少傷害，才終於遇到了我……她跟我說過，如果哪天我要死了，她一定要走在我之前，因為她已經習慣了有我的保護，沒有我，她也活不下去……我傷害她，我心裡也很難過，但是如果不這樣做，我坐牢了，還有可能是死刑，那以後她怎麼辦呢？」

「你自己還挺感動的是吧？」魏曉萌冷笑了一下，王俊麟對她使個眼色，她才壓下了怒火，「她既然不知道你的破綻，你為什麼還擔心被捉？」

「顏料，我在抽血的時候，不小心碰到了油畫的顏料。當時沒發現，到醫院裡換了白袍也沒看見，直到去買花的時候，才發現袖口上染了顏料。我趕回工作室檢查了手套，發現上面也有，所以我知道肯定暴露了。」文守清嘆口氣，「一切都是我的主意，請你們不要誤會baby，她真的完全不知情……我活了那麼久，都是為了父母的意願，這是我唯一一次為了保護別人而做出的決定，請你們不要剝奪我這唯一的自我。」

「唯一的自我？」在監控室裡的徐遙嘆息道，「他還以為這是他的自主意願，根本沒意識到自己被方碧利用得淋漓盡致。」

「就算我們都知道他是被方碧利用了，但下手的人是他，處理屍體的也是他。我猜方碧被他趕出去以後，一定待在咖啡廳之類的有監視器可以拍到她的地方，留下不在場證明，那這案件就和她完全無關了。」李秩眉頭緊皺，「他就像一個傀儡，卻看不見操縱他的線，而我們明知道有這些線存在，卻無法證明那個拉線的人是誰。」

徐遙打開麥克風，對戴著耳機的魏曉萌吩咐道，「曉萌，你問一下他，方碧和齊珥是什麼關係。」

魏曉萌會意，她向文守清問道，「那你的女朋友方碧，認識一個叫齊珥的人嗎？」

「齊珥？」文守清擰起了眉，「沒聽過這名字。」

「他不知道彩虹計畫的報告，也就是說不是他從王志高那裡得到這份報告，再交給方碧的。」徐遙的疑惑被證實了，「那份到底是什麼人給她的？方碧看完以後，為什麼要把它藏起來？把它給文守清看，不是更有說服力嗎？」

「可能是，她也不想讓文守清知道太多關於這個計畫的事情，尤其是這個叫齊珥的女孩。」

李秩湊到徐遙跟前，把麥克風轉到自己嘴邊，監控室不算寬廣，徐遙讓了讓，但李秩的頸脖仍然擦著他的臉頰貼了上來。

「曉萌，妳先出來。王哥，麻煩你處理一下後續。」

王俊麟微微點頭，魏曉萌起身，來到了監控室，「副隊長，徐老師。」

「那個快遞單……」

「已經找到了，根據資訊，那是從一個貨運站裡寄出的。我們的隊員去問了，店主說那個來寄東西的人很晚才來，戴著帽子和口罩，穿著也很厚重，實在是認不出來，唯一能確定的是那應該是個男人。」

徐遙問，「那寄的是什麼東西？」

「就是畫畫用的石膏像，方碧是個美術學院學生，買石膏像也不奇怪吧？」

「好像是沒什麼奇怪的……」

那幾個石膏像就在方碧家的儲物間裡，徐遙還親眼見過，難道那真的是一個普通的包裹而已？那方碧是從什麼人那裡得到彩虹計畫的報告的呢？

「但是有一個奇怪的地方……」

「副隊長！」魏曉萌還沒說完，就有警員敲門了，「局長、局長找你……」

「我待會回他電話……」

「不是……局長親自來了，現在在你辦公室！」

「嗯？」

李秩快步往辦公室走，徐遙緊跟在他身邊追問，「為什麼向千山這麼快就知道文守清來了？」

李秩回道，「你以為他在這間警局就只有我一個侄子嗎？」

「但是越級上報……」

「聊聊天算什麼越級上報。」這種體制裡的靈活操作，李秩可比徐遙熟悉得多，「而且局長今天早上才去市府彙報過，說明上級非常重視……畢竟王志高的地位擺在這裡。」

徐遙拉住李秩，讓他停下腳步來，「那你就這麼結案嗎？」

「嗯？」李秩一愣，「什麼結案？」

「現在文守清認罪了，證據動機都有了，上級又那麼重視，我覺得他是來逼你結案的。」徐遙半皺著眉，「這才能把王志高的事歸結於私德，跟公事無關。」

「……我跟局長再爭取一天，就說我明天才能把檔案整理好給他。」一旦結案，那麼其他的調查也不好繼續了，李秩想了想，「你趕快去找紅姐，讓她去把那個買畫的仲介的樣子側寫出來，我們再努力找一下。我就說是那個仲介介紹方碧給王志高的，也是證人之一，最好也能找到他。」

徐遙點頭，「好，那你小心說辭，不要被人套話了。」

「誰能比隊長還會套！」

李秩這真心實意的吐槽讓徐遙在這個緊急關頭裡笑了出來，他心頭的陰霾暫時消散了，轉身就往法醫室小跑而去。

「我還以為你們已經不需要做側寫了。」

聽徐遙說明了來意後，張紅從抽屜裡拿出了一幅畫像，「我早就做好了，但看到文守清來自首了，就以為用不到了。」

「用得到，太用得到了！」徐遙連忙接過畫像，畫中人是個梳著中分頭的普通中年男子，要說有什麼特別，就是下巴特別尖長，扯得兩頰凹了下去，很像八〇年代香港電影裡「鬼見愁」的演員，「妳記得他叫什麼名字吧？」

「我記得他姓蔣，但是全名真的不記得了。他給我的名片上印的是英文名。」

張紅竟然翻到了四五年前的一張名片，「上面的電話我打過了，已經聯繫不上了。」

「Robert Jiang……」這名字知道也沒用，但徐遙還是把名片收起來了，「謝謝你。」

「徐老師，我聽到了一些風聲。」張紅放低了聲音，「王志高他……曾經對我們家方碧……」

「你們家？」徐遙詫異道，「妳跟方碧這麼熟悉嗎？」

「她再怎麼說也跟蘇旅學過畫，她小時候還經常跑到我們的畫廊來玩呢，何況她現在還在我那邊打工。」張紅跟張藍一樣，頗有一股大姐大的氣場，認定了誰是自己的小弟小妹，就給自己加上要照顧對方的責任，「她現在怎麼了？我聽飛飛說她進了醫院？」

「她沒有生命危險，妳不用擔心。」徐遙看著張紅，忽然想到了一個問題，「蘇旅……是在彩虹計畫裡認識方碧的吧？在育幼院以外，方碧也會去找他嗎？」

「嗯，她喜歡畫畫，加上她當時好像還沒能融入領養家庭，所以總會往外跑，也會到畫廊裡找蘇旅。」張紅問，「怎麼了，你覺得蘇旅知道王志高的事情？」

徐遙也沒想到張紅一下就猜到了自己的想法，有些尷尬，「我不是質疑妳未婚夫的品德……」

「老是擔心得罪人的話，可是辦不了案的。」張紅笑笑，「徐老師，你變了。」

「嗯？」

「你從前可不管會不會得罪人，眉頭一皺，大家都得閉嘴聽你說。什麼心理側寫什麼嫌疑人傾向，還有對案情調查的質疑，就沒有你不敢說的，偏偏你說完了還要加一句『僅供參考，你們不要因此排除其他可能性』。」

張紅模仿著徐遙公布側寫時的姿勢，抱著手臂，下巴略收，抹著嘴唇，眉眼還要皺不皺的。

「我記得第一次的案件，就是那個把死者拋棄在捷運站裡的案件，王俊麟來我這裡的時候就嘰哩咕嚕地抱怨了一頓，說副隊長不知道中了什麼邪，把你請來當顧問。」

徐遙更尷尬了，「我覺得妳也變了，一開始還是個很高冷的法醫，第一次進妳的工作室，連圍觀都要穿上全套裝備，現在卻這麼會調侃人。」

「哦，我哥說這叫反差萌，男人都吃這套。」張紅呵呵笑了起來，徐遙自問比不上張法醫的口才，只能趕緊拿上畫像，去找李秩。

他剛回到辦公大廳，便看見李秩朝離開的向千山敬禮。他停在不遠處，直到向千山離開，才上前探問，「怎麼樣，爭取得如何了？」

「明天中午十二點前結案，五點前發布通告。」李秩深呼吸一口氣，指了指牆上剛好指向六點的掛鐘，「我們還有十八個小時呢，不急。」

徐遙好氣又好笑，「李警官，就算你不用吃飯睡覺，也不代表證據就會自己往你走過來，十八個小時，還大部分是在晚上，我們該去哪裡找起？」

「別說十八個小時，有時候可能過十八年證據都沒出現，但是又偏偏會有那麼一個時刻，忽然它們就向你湧過來，也不管你受不受得了。」李秩突然感慨，「就讓我們相信這個案子的這個時刻，會在十八個小時裡出現吧……」

徐遙扶了扶眼鏡，抬起眼睛來看他，「你現在可以告訴我，你為什麼一大早跑來我家送早餐了吧？」

「……嗯，我們一邊走一邊說吧。」李秩說著就往自己的車子走，「畢竟檔案還在車上。」

徐遙跟上，「什麼檔案？」

「一宗二〇〇七年的失蹤案，但裡面卻有我媽媽的照片。」

儘管李秩只是說了個年分，可徐遙馬上反應過來那是李秩向李泓出櫃的年分，難道這個案子就是讓李泓對自己的兒子痛下狠手的原因？

李秩沒有再說話，徐遙也不便追問，他一言不發地隨他上了車，接過他遞來的檔案，專心看了起來。而李秩也像一個職業的司機，不聞不問，任由他查看那個案子，包括那張讓他震驚的照片。

雖然已是晚上的尖峰時刻，但半個悅城的人都回了老家，道路上竟也不算十分擁堵。兩人一路無話，順順暢暢地抵達了目的地。

徐遙抬頭一看，卻見車子旁邊的路牌寫著「石尾街」。

「這是什麼地方？」

「石尾街三十二號，那個拍下照片的私家偵探就住在那裡。」

石尾街別名「電信街」，整條街都是展示著最先進通訊設備的店鋪。第一家呼叫器店和第一家智慧型手機店都是在石尾街開張的，走在街道上，既能看到裝修時尚的旗艦店展示最新型號的手機，也能看到堆滿老舊通訊裝置的小店，坐在門口抽菸的老闆，和隔壁賣手機的銷售人員聊著運彩。

被各式各樣的通訊設備店鋪占據的石尾街，街尾三十二號是整條街唯一一家雜貨店，很多人來這裡偷空偷閒，買瓶汽水買包菸、加包洋芋片，便成了整條街的店員們統一的茶水間。

看過電視劇都知道，茶水間才是最容易打聽消息的地方。

李秩走到門口，向圍在門前抽菸閒聊的幾個人問道，「你好，請問波叔在嗎？」

一個人朝店裡喊，「老闆，有人找！」

「來了！」

店裡只開了一盞小燈，貨架的黑影裡原來蹲著一個正在排貨的男人，他戴著黑色的毛線帽、穿著黑色外套，李秩第一眼沒看見他。

「你哪位啊？」

「警察。」李秩拿出證件來，那幾個偷懶的人一聽，連忙丟下一句「回去工作了」的客套話，飛快地離開。

但店主波叔沒有一絲慌張，他一邊走來，一邊掀起圍裙擦手，「光臨我這小店的警察還真不少，這位警官怎麼稱呼？」

「我姓李，是李泓的兒子。」

李秩的話音未落，波叔便猛地抬起頭來，本來淡定的語氣多了兩分憤怒和諷刺。

「呵，老子我都不怕，還怕兒子不成？我跟你說，就是只有這麼張照片，打死我我也變不出來更多的線索了！」

「波叔，我爸脾氣暴躁，多多得罪，請你原諒。」李秩環顧店內，指了指貨架上最貴的一瓶洋酒，「這酒我買了。」

「你以為給我一點小錢我就……哎！」

波叔還沒罵完，李秩便去拿了酒，還順手拿了貨架上的一個玻璃杯，波叔不解，「你幹什麼呢！我可沒答應賣給你！」

「這是我一點小小的歉意。」李秩掃了掃貼在櫃檯上的 QR code 把錢轉帳了，開了酒，倒了小半杯，雙手遞到波叔跟前，「請你原諒我爸。」

「你這……」伸手不打笑臉人，波叔定眼打量一下李秩，這年輕人眉目俊朗，態度懇切，他一個年近半百的長輩，要是到這分上還端架子，就好像有些小氣了。

「你懂什麼，波叔是嫌棄你不會喝酒。」徐遙從冰櫃裡拿了一瓶礦泉水，「馬爹利名仕，一口酒一口水，才能體會出它的細膩醇厚。」

波叔眉開眼笑，「這位警官懂行！唉，我這把年紀，恐怕你們加起來都沒我大，我也不還怒你們了，喝酒喝酒！」

「波叔你慢慢品嘗，我還在上班，不方便喝酒。」李秩做個「不了」的手勢推開波叔的回敬，「波叔，其實我還是想向你打聽一下我媽媽的事情……不需要什麼確鑿的證據，就是一點風聲流言也沒關係，或者當時你還看見什麼了嗎？我媽媽拿著的那個籃子裡有菜，代表她剛買完菜，你有沒有看見她從哪個方向來，另一個女人又是從哪個方向來的？」

「唉，我生氣歸生氣，但事關人命的大事，我是不會隱瞞的。」波叔啜了一口酒，「我真的全都跟你爸爸說了，是他不相信而已。」

「事關人命的大事你也隱瞞了不只一件啊。」徐遙卻道，「王志高的死你不也沒吭聲嗎？」

波叔的臉色一變，那樸實小店老闆的模樣變得有些狡猾了起來，「你說什麼，誰是王志高？我都不認識這個人！」

「哦，所以這個人不是你嗎，蔣波？」

徐遙從懷裡拿出張紅做的側寫，儘管年齡有些差距，但是那顯眼的瘦頰尖下巴，跟眼前的波叔完全吻合，他又把張紅給他的名片推到波叔跟前。

「這是我們讓王志高的老婆做的側寫，他還留著你的名片呢。你明明認識他，還幫他收購油畫，剛剛在這抽菸的男人，穿著的可是二院的清潔工服。新聞是沒播，但人的嘴巴可不是那麼容易堵住的。」

波叔不知道徐遙在詐他，還以為真是王詠月把他供出來的。他摸了摸沒有幾根鬍子的尖下巴，拉了拉毛線帽子。

「你這邏輯都不通了，我認識王醫生又怎麼樣，都好幾年沒見了……」

「是四五年沒見吧，蘇旅失蹤以後你不是還幫他胡攪蠻纏地買斷蘇旅的畫？」

徐遙對一臉驚訝的李秩打個眼色，李秩從那幅畫像裡回過神來，也加入了哄騙行列。

「波叔，你這麼消息靈通，不可能不知道張紅，也就是蘇旅的未婚妻，畫廊的老闆娘，就是我們警局的法醫室主任吧？」

波叔那老實人的面孔徹底掛不住了。他兩眼滑溜一轉，明明還是那個人，眉宇間卻奸詐了起來。他撇著嘴角，一口喝光了那杯白蘭地。

「你們兩個到底是要查什麼案子？一下子查女同性戀，一下子查王醫生，我都搞不清楚你們要做什麼了。」

「什麼案子你不必操心，你只需要告訴我們兩件事。」李秩一手奪了他的杯子，「第一，我媽媽的事情，除了那張照片你還知道些什麼；第二，王志高讓你收購那些油畫是做什麼用的，他跟蘇旅有什麼關係。」

「你媽的事情，我是真的什麼都不知道，我就是看到兩個女人親熱，色心一起就拍了幾張照片。」波叔很不耐煩，「王醫生給了我錢讓我去收購別人的畫，那我就去啦。有生意為啥不賺，我還管他為什麼收購幹嘛！」

「幾張照片？」徐遙捉到了字眼，「可你交上去的證物只有一張。」

「啊……」波叔拍了一下嘴，無奈地甩了甩手，「算了算了，不都差不多嘛！給你給你給你！快滾！」

波叔說著，就從收銀臺下一個上鎖的櫃子裡翻出了兩張泛黃的照片，也是那個女人和郭曉敏的，但看姿勢，一張是她親下去以前，一張是她們結束分開後。

「小弟，你媽媽是同性戀，你是怎麼出來的，確定就只借了李泓的種嗎？」

李秩劍眉一豎，徐遙按了按他的手制止他發火，「波叔，你說王志高讓你去收購別人的畫，那就是不只蘇旅一個人的畫？」

「你這什麼耳朵！怎麼這麼能找碴！」波叔氣得捶了一下大腿，抓起收銀臺上的一支圓珠筆唰唰唰寫了幾筆，「還有這個顧容！跟蘇旅一樣，在育幼院裡教過畫畫！我就知道這麼多了！真的沒有了！」

「就一個名字，是男是女，年齡身高，什麼都沒有，我怎麼知道你有沒有騙我，隨便編一個人名？」李秩總算明白過來李泓為什麼直接上拳腳了，這人真是老油條，給臉不要臉，非要來硬的，「你這裡賣的酒不少啊，酒稅都有好好繳吧？」

「男的！那時候三十幾歲！都說了他在彩虹育幼院教過畫畫！你們要查，找院長去啊！」波叔氣結，「小警官，蛇有蛇路，你可不要把路都堵死了！」

「只要我走得下去，自然不會去堵別人的路。」李秩把波叔寫了名字的紙張收走，敬個禮，轉身就走。

「喂，你的酒！」

李秩沒停下來，「不是說了嗎，向你賠罪的。」

波叔一愣，直到那兩個年輕人消失在街角，才摸了摸馬爹利那厚實的瓶身，嘆了口氣。

「哎，小姐，看影片小聲一點，吵到別人了。」

「哦，對不起，我會注意的。」

回護士話的年輕女孩吐了吐舌頭，護士看到這個可愛的表情後，心頭的不滿也就消散了，還囑咐了一句「別靠太近看，對眼睛不好」。

方碧點點頭，馬上把影片網站關上，做個乖乖躺下休息的模樣。在隔壁床幫其他人換藥的護士走過來，和那個囑咐方碧的護士一起往外走，「那孩子下午不是割腕進來的嗎？我看她精神挺好啊，不像想不開。」

「誰知道呢，現在的孩子對感情問題都是 easy come easy go 的。」

兩名護士一邊說話一邊往外走，提著一壺粥反方向走來的張紅沒怎麼留意她們聊天的內容，徑直走進方碧的病房。

「方碧？妳睡了嗎？」

「啊，老闆娘！」方碧連忙坐起來，「沒睡，就是累，渾身沒力氣，所以躺一下。」

「妳受了驚嚇，又流了那麼多血，是該多休息一下。」張紅把粥筒放到病床桌上，打開蓋子，倒出一碗香噴噴的粥，「豬血粥，以形補形。」

方碧笑了，她動了動身體，靠近桌子，「西醫也講究這個的嗎？」

「就算不講究，豬血粥也比白粥好吃吧？」張紅把桌子推過去，遞了湯匙給她，「有一件事想通知妳，但是我不知道算好消息還是壞消息。」

方碧那雙清澄的眼睛裡蒙上了水霧，「是不是關於阿清的？」

「嗯，他已經自首了。」張紅輕輕搭著她的肩膀，「他說是為了妳才這樣做的，而傷害妳……」

「他不想讓我一個人在這個殘酷的世界裡生存，我明白的。」方碧嘆了口氣，一滴淚滑下了臉頰，「我只是覺得他太傻了，為我這麼做不值得。」

「你錯了，他傷害妳是自私，才不是為了保護妳，那都是藉口。」張紅怕她胡思亂想，「他只是想獨占妳，不想讓妳以後的生活裡沒有他，才以這種拙劣的藉口來傷害妳，妳不能被他騙了。」

「可是，我一想到以後就沒有人保護我，疼愛我，我真的覺得活不下去……」

「妳有手有腳，怎麼會活不下去？」張紅深深地嘆了口氣，她撥了撥方碧的頭髮，幫她擦掉眼淚，「蘇旅老師不辭而別，我不也一樣活下去了嗎？」

方碧抬起淚眼，「蘇老師不辭而別？妳不是說他去旅遊了嗎？」

「那是騙妳的，同時也是在騙我自己。」張紅看著方碧，想起她從前還是個小女孩，去找蘇旅學畫畫的場景，也不住傷感了起來。

「他走了，沒有留下片言隻字就不見了，一開始我想他是不是遇到了什麼意外，但是那麼多年那麼多案子過去，也沒有他的蛛絲馬跡。人如果死了肯定會留下痕跡的，只有活人才會隱藏蹤跡。」

方碧瞪大了眼睛，「妳是說，蘇老師他……」

「我不知道，也許他真的是厭煩了我，連道別都不想說就離開了吧。」

「不，不是這樣的！老闆娘，一定不是那樣的！」方碧猛搖頭，「我不信，蘇老師一定很喜歡妳。不瞞妳說，我、我的初戀就是蘇老師！」

「嗯？」

「我是個孤兒，小時候就被父母遺棄在育幼院門口。別人能看見父母之間怎麼相處，從中明白什麼是愛，但我不懂，我一直都不明白什麼愛情，直到我認識了蘇老師。認識了你們，我才第一次感受到什麼是愛情，然後，也很希望自己能夠有這麼一個男人愛護我。」方碧著急地解釋著，「我想蘇老師一定是遇到了什麼事才會這樣做，又或者，他做了什麼事怕妳不原諒他？」

張紅摸摸她的頭，只當她是小孩子，「謝謝妳，我現在已經不在意他為什麼離開了，總有一天我也不會在意他是否歸來。妳也一樣要堅強，這世界上沒有誰離開誰就活不下去的。」

「那，是不是說，妳已經不愛蘇老師了？」方碧眨眨眼，露出一個俏皮的笑，「如果妳不在乎他了，能不能把他讓給我啊？我會原諒他的，無論他做了什麼，我都會原諒他的。」

「哈，妳這個小鬼靈精……」張紅笑了，她看方碧會開玩笑了，也就放心了，叮囑她兩句傷口保持乾爽之類的話，就離開了

方碧目送張紅離開，才拿起湯匙來慢慢把粥舀進嘴裡，磚紅色的豬血在櫻唇皓齒間粉碎，就著綿爛的粥滑進食道。

蘇旅，張紅已經不要你了，你們之間的感情，原來真的那麼脆弱。

方碧捧起碗來大口大口地把粥水喝進去，粥很燙，她的眼角也很燙，燙得連眼淚都蒸乾了，流不下來。

為什麼不能接受我呢，因為我還是小孩子嗎？可是我會長大的，我很快就十八歲了。

因為她很愛你，你不能讓她受傷？

我竟然相信了，我竟然相信了你有多愛護她，她有多深愛你！

騙子，一群連自己都欺騙的騙子！

「砰」一下把碗摔到地上，方碧急促地呼吸著，護士聽到聲音走進來，便看見方碧捂著心臟蜷縮在床上。

「妳怎麼了?!她過度換氣了……醫生，快叫醫生！哎？」

一隻蒼白柔弱的手握住了護士的手腕，方碧緩過氣來，對護士道，「我沒事，只是傷口有點痛，現在好多了。」

她這樣說著，嘴角擒著一抹豁然開朗的笑。

「曉萌，我要找一個叫顧容的男人，大概四十歲，曾經在彩虹育幼院教過畫畫……嗯，對，應該就是那個人了，妳把地址傳給我！」

李秩和徐遙回到車子裡，不一會兒就查到了那個叫顧容的男人，「顧容現在在經營一間服裝店，好像已經不畫畫了。」

「本來能走到最後的畫家也沒有幾個。」徐遙毫不意外，「靠創作養活自己的人是鳳毛麟角。」

「你不就是靠著創作養活了自己嗎？」李秩不以為意，「網文現在很好賣吧？都唰唰地拍電視劇了。」

「你好像忘了我還在美國當過幾年講師，」徐遙道，「我回國第一年完全沒有收入，全靠那幾年的積蓄熬過去的。」

「……原來起步這麼難啊？」李秩做了個欣慰的表情，「還好你沒有放棄寫作，不然我都不知道自己能不能熬過去……」

「李秩，」徐遙忽然正式道，「也許你覺得真的是我那篇小說給了你勇氣戰勝當時的挫折，但是如果你自己的內心不夠堅強，別人說什麼都沒有用的。救你的人是你自己，不要再把這功勞推給我了。」

「哦……好……」李秩愣了愣，接不上話來，只能專心開車，但是他感覺到了徐遙又往後退了一步。

徐遙這個人看似傲慢無禮，冷酷無情，但其實他比誰都敏感細膩。當他覺得安全舒適，便會伸展手腳，肆意行進，像春天裡飛舞的蝴蝶，興致上來，可能還會用觸鬚碰碰你的鼻子，逗得人心癢難當。可只要一點點的不安，他就會迅速後退，躲回他那厚厚的堅冰之後，切斷和你的一切聯繫，好像剛剛那些親暱都是虛幻的、是你一個人的錯覺。

現在，李秩感覺到徐遙又在把他往外推了——徐遙不是真的認為自己寫的小說毫無意義，只是不想讓這份意義和挽救了他那麼重大的事件掛鉤，讓他再以此為情感依據。

可是，他對徐遙的感情又豈止是那一段觸動他心弦的小說獨白呢？

李秩想不明白他做了什麼讓徐遙產生了壓力，他只能閉上嘴，任徐遙在他那堅冰堡壘裡冷靜冷靜。待徐遙做好準備出來時，他不介意再一次用滾燙的心去融化哪怕只有一釐米的冰。

李秩不說話，徐遙不會、也沒心思去扯什麼話題，他抱著手臂縮在副駕駛座上，斂眉沉思。

人的記憶提取方式真的很奇特，有時候以為已經徹底忘記的事情，卻會被一絲氣味，一抹顏色勾回來，告訴你它一直都在那裡，只是你忽視了它。

「……是一個調酒師朋友教我的。」徐遙以為自己在沉思，沒想到嘴唇居然不受控制地動了，漏出了一句低低的呢喃。

「嗯？」李秩一腳急剎，把車停在路邊，靠近了一些，「你說什麼？」

徐遙詫異地捂著自己的嘴，是他保守祕密，忍受回憶折磨的能力變弱了嗎？

「沒，沒什麼……」

「我聽到了什麼調酒師，」李秩歪著頭看他，這是第一次他沒有詢問，徐遙也主動提起的，與他、與案件都無關的往事，「是一個調酒師教你怎麼喝那酒的？」

「……嗯，是，很久以前的一個朋友。」徐遙指了指前方，「開車吧，不然待會顧容就下班了。」

「好。」李秩點頭，重新發動車子，「你那位朋友，是男的嗎？」

「嗯。」

「……長得帥嗎？」

「嗯？」徐遙挑起眉來看他，並沒有回答這個問題。

「你就當作我是粉絲八卦一下嘛！」李秩急忙解釋，他好像隱約懂了徐遙為什麼會忽然後退，「我知道我沒有身分去吃醋，你不要覺得有壓力。」

「……他追求過我，但是後來放棄了。」徐遙在聽到「吃醋」兩個字的時候，眼睛忽然發亮，「你真的不吃醋？」

「我很想吃的，但你還只是我的朋友，我不能讓你接受我的負面情緒。」李秩一臉深明大義，「但是如果你想跟我說說他是怎麼死纏爛打，怎麼讓你厭煩，我也很樂意以粉絲的身分聽偶像訴苦的！」

徐遙笑，「人家可沒有死纏爛打，感情的事情，不合適就是不合適，不一定是有哪一方不對。」

「……嗯。」既然徐遙這麼說了，李秩也只能打住這個話題，但他看見那隻蝴蝶，又隱隱約約探出捲曲的觸鬚了。

徐遙並不知道李秩已經具備這種感知他的氣場的「特異功能」，他以為李秩只是歪打正著，解開了他的心結。

那個追求徐遙的調酒師，是大學剛剛畢業時遇到的。金髮碧眼的法國人，骨子裡滲出來的浪漫情調和美國教育薰陶出來的上進心，一場舞一個吻就讓徐遙徹底沉淪。如果說人生裡有哪一段時間裡是真的忘記了父親的事情帶給徐遙的陰霾，那初遇他的那個月，就是這段難能可貴的時間，混合了白蘭地和龍舌蘭的香氣，令人迷醉。

但一個月後，海馬體和杏仁核習慣了多巴胺的刺激，愛情的效力消散，惡夢又再悄悄來訪。徐遙那多疑敏感的性格，冷硬尖刻的話語，還有失眠造成的情緒化，很快就讓對方退避三舍……

不，他沒有退縮，他很積極地想要幫助徐遙。他想帶徐遙去看精神科，想帶徐遙去接受治療，想讓徐遙說出心病，擺脫陰霾，兩人一起迎接充滿陽光的日子。

徐遙就是在那個時候逃了的，徐遙給他寫了一封 email 說分手，接著就換了手機和住址，徹底把他隔絕在自己的生活外。

他太好了，他應該屬於那陽光燦爛晴空萬里，不應該被我拖到萬丈深淵，忍受無以名狀的折磨。

從那以後徐遙就戒了酒，然而在剛剛聞到那上好白蘭地的香氣時，徐遙還是無法抑制地想起了他，然後又想到了李秩。

李秩不會強迫他做出任何改變，李秩只要感覺到他有一點不耐煩，就會馬上把讓他不自在的東西藏起來，哪怕那是他的一顆真心。

徐遙覺得自己很狡猾，明明知道他為自己付出了什麼，自己也照單全收了，卻還要逼他立個字據「你情我願，恕不賠付」。

他感覺自己仍然站在懸崖底下，只是身邊多了一隻為他照亮前路的螢火蟲。

也許他就是需要這麼一隻溫柔的不刺眼的螢火蟲而已。

徐遙轉過頭去看看李秩。

他眼中，星光灼灼。

「顧天下」服裝店在服裝城的頂樓，整整兩百平方公尺全是這個品牌的店面，裝潢風格和樓下那些以十件為單位批發的店鋪完全不同。剛踏上樓層時，會讓人誤會這是一個什麼服裝設計師的工作室，原木色地板，水泥灰工業風牆面，裸露著橫七豎八的銅管，而銅管上吊掛著各色各樣的衣服；等距離擺放著三個圓形檯面的大工作臺，上頭擺著幾個風格迥異的包包，還有專業的縫紉機和仍未完成的一些布料。三三兩兩在挑選衣服的人也不像買衣服的，像是在挑款式的，還有一些人在一邊的休息區裡看產品目錄，儼然是一間風格設計工作室。

「兩位想要些什麼風格的衣服呢？」

過來了一個專櫃銷售人員模樣的男人，但他的穿著倒更像一個藝術家，畫家帽，大斜紋披風，緊身褲，還踩著一雙紅色的小皮鞋。

「我看這位走的應該是輕奢休閒風吧？我們正好進了一批新款，都是巴黎那邊的最新流行，要不要給你看看？」

猛地被恭維一番，徐遙有些尷尬，而李秩那一臉「我偶像就是有品味」的自豪讓他更尷尬了兩分。

「不用了，我們不是開網紅店的，就是來找個人，請問顧容顧老闆在嗎？」

「嗯？」男人皺了皺眉，「你們找我？」

「你就是顧容？」李秩瞪大眼睛，明明魏曉萌傳給他的照片裡，顧容是個頗為平常的男人，沒有這麼「藝術」，「我是悅城永安區的警察，我叫李秩，想要問你一些關於彩虹育幼院的事情。」

「彩虹育幼院？」顧容驚叫了起來，其他人都往他看了過來，他鎮定了一下，把他們兩個往休息區引去，「齊珥的事情已經過去那麼久了，都不予立案了，為什麼還要來找我？」

「齊珥……」李秩記得這個名字，乾脆詐他一下，「對，我們最近發現了一些新線索，所以想請你再說一次事情的始末，看能不能找到突破口。」

「新線索？」顧容一愣，「什麼新線索？」

李秩故意沉下臉，「你知道我們不可以洩露案情。」

「好吧，但是無論這案件有什麼進展，請你們都要通知我，齊珥那孩子，我也掛心了她好多年了。」顧容說著就主動把名片遞了給李秩，看起來真的很關心齊珥，「一下子我也不知道該從哪裡說起……」

「從彩虹計畫說起吧。」徐遙插話，「我們已經透過王志高醫生知道了這個計畫其實是一場心理實驗了，你就說說你在這個計畫裡的作用吧。」

「我們能有什麼作用，不過是教小朋友畫畫罷了，」顧容搖頭，「不過他會指定一些題材，比如A組都教壞的天氣怎麼畫；而B組都教好的天氣怎麼畫。王醫生是想知道藝術薰陶能不能改變孩子的性格，但就我所見，這兩年裡，孩子們的變化也沒有特別大，活潑的還是活潑，文靜的還是文靜。」

「那齊珥算是文靜還是活潑？」

「齊珥啊……」顧容的語氣充滿了憐惜，「她比較特別，平常是個很溫柔文靜的孩子，但是畫風卻狂放桀驁，充滿野性，好像想要很多很多的東西，才能填補心中的空洞。我還跟蘇旅開玩笑，說他的狂傲是紙老虎，齊珥那才是手執薔薇心有猛虎。」

失去父母的孩子，心靈難免比同齡人更早熟與孤獨，李秩和徐遙都心有戚戚然。

徐遙接著問，「那她在死前有沒有什麼特別之處？比如突然向你們表達感謝，把自己珍惜的東西送給小伙伴？」

「她不是自殺的！我不是跟你們說過很多次，齊珥不可能自殺！」顧容很激動，好像這樣的說法是對齊珥的汙蔑，而這份汙蔑讓他不能忍受，「要是她想自殺，在齊櫻被領養了卻留下她的時候，她就這樣做了！那樣她都挺過來了，她不可能自殺的！」

「齊櫻？」李秩低吟一聲，徐遙生怕他露餡，便接了話，「案件過去有點久了，而且沒立案，卷宗裡沒有把齊櫻這個人記載進去，前輩也沒交代，能麻煩你再說一遍嗎？」

「你們辦案怎麼這麼疏忽？」顧容略有不滿，卻還是仔細回答了，「齊櫻是齊珥的雙胞胎姐妹啊，這麼重要的事情你們怎麼能不記錄。雖然齊櫻後來被領養了改了名，但她還是常回來看齊珥的，你們當時就沒記錄她嗎？」

「對於未成年人，我們的記錄都是匿名的。」李秩找了個藉口，「齊櫻是我們的疏忽，我們會盡快找到她，請問你知道她被領養後改名叫什麼了嗎？」

「啊，這個我忘了，齊櫻她雖然長得跟齊珥一模一樣，但是氣質卻完全不同，她是很活潑外向的性格，想要什麼就會努力爭取。她在育幼院裡算年齡比較大了，十一二歲了吧，通常這個年齡會被領養的可能性就很低，但有一對看起來有五六十了的夫婦領養了她。聽說他們的兒子媳婦連同孫女都在車禍裡沒了，老人家得找個心靈寄託吧，就想領養一個跟孫女差不多年齡的女孩。」

顧容一口氣說下來，自己都嘆息了起來，「齊櫻和齊珥都是育幼院裡最好看的女孩子，而他們選擇了齊櫻，可能是因為齊櫻比較開朗和討人喜歡吧。齊珥已經沒了父母，這次還失去了雙胞胎姐妹，她的心情你們能想像嗎？但是她挺過來了，她把這些孤獨都畫在了畫裡，她這麼堅強，又怎麼會自殺呢？」

「既然如此，你真的相信齊珥是意外死亡的？」徐遙冒險問道，「哪怕她的死有那麼多疑點？」

「可是，也不會真的是齊櫻吧……」顧容果然說出了自己最為擔憂其成真的猜想，「她什麼都有了，為什麼要這樣害齊珥……」

「齊櫻也真的很可疑。」李秩附和道，引顧容繼續說下去，「我們就是想確認到底她是否和這個案件有關，姐妹相殘的確讓人難以接受。」

「是啊……」顧容感嘆道，「那天還是她們的生日呢，她們每年都一起慶祝的……如果真的是齊櫻做的，那實在太讓人心寒了。」

「最後，我們來說說案發現場吧？」徐遙裝出思考的模樣，「我記得你說的是……」

「我當時在屋子裡，和其他老師一起準備生日派對，還有一些孩子在外面玩。突然聽見一下大聲的鈍響和孩子的尖叫，出去一看，就看見齊珥掉下來了，滿身鮮血，齊櫻在宿舍五樓的陽臺上大哭。」

顧容摘下帽子，借著整理帽子的動作遮掩擦眼淚的動作，「後來她說，她是想撿回掉在護欄外面的手鍊，那條手鍊是她們被遺棄時唯一的信物……」

「謝謝你，顧先生，我們已經有大致的眉目了，」徐遙說著，把他的名片放進口袋，「我答應你，案件處理完畢以後，一定親自來向你說明。」

顧容瞪大眼睛，似乎不敢相信，「你這麼說，就是，就是齊珥真的是被害死的？」

「我們會給死者一個公道的。」徐遙說罷，就拉著李秩起身道別。

李秩跟上他離開的步伐，皺眉問道，「我怎麼感覺你對他說的話不是安慰那麼簡單呢？」

「因為我覺得可以解釋這一切了。」徐遙往下走，服裝城的樓梯間很陰暗，外面已經完全黑了，悅城的冬夜又再一次來臨，「但我需要你幫我查一些東西……」

「齊珥的卷宗記錄，對吧？」李秩點頭，「我也想知道，為什麼當年這個案件會不予立案。」

「還有戶籍記錄，看看齊櫻是不是就是方碧。」

「嗯？」李秩一愣，「對，十一二歲被領養的好看的女孩，而且還會畫畫、被領養後常常回去育幼院，沒錯，方碧和這些資訊很吻合！」

「一開始文守清喊方碧 baby，我以為只是情侶之間的愛稱，但是當我發現齊珥是棄兒的諧音以後，自然就想到了齊櫻諧音棄嬰，那方碧的英文名叫 baby，可就有點巧合了。」徐遙示意李秩開車，卻指向了一個並不是回局裡的方向，「我還要去一個地方。」

「那個方向是……方碧的工作室？」李秩不解，「你覺得我們還遺漏了什麼證據？」

「不是，」徐遙緩緩搖了搖頭，「我只是想看看她畫的畫。」

逐漸黑沉下去的天色像一幅飽浸墨水的畫布，仔細凝視時甚至還能看見細膩的紋理——一道道建築物的輪廓，在夜幕中勾出深淺不同的邊線，貫穿其中的電線，既凌亂又有序地分割著畫面，絲毫不理會什麼黃金比例。

方碧無聊地看著窗外，抬起沒有受傷的手，伸出手指漫無目的地揮動。

這是蘇旅教她的，有時候放空腦袋任憑感覺牽引，更能挖掘到心靈所渴求的真實。

心靈所渴求的真實？

方碧勾起嘴角冷笑了一下，真實是心靈最不渴求的東西，要想滿足心靈的需求，唯有看準別人的弱點加以利用。

矇騙是最低等的手段，她少年時期曾經試過，很快就讓自己陷入了制肘，還好她馬上就找到了應對的方法——說起來她還真的應該感謝任芊芊，不然她也不知道，原來是可以用這樣的方式得到自己想要的東西的。

她拿起手機，向那個沒有保存但熟記於心的號碼傳了一條簡訊。那是蘇旅的手機號碼，五年裡張紅一直幫這個號碼繳錢續約，儘管她從來打不通。

她已經不要你了，你只能屬於我了。

美術學院附近的夜生活非常熱鬧，大學生完成了一天的課程，三五成群地在周邊地區活動筋骨。整片以學生為主要消費群體的商業區這才煥發了生機，各種小攤販沿著馬路擺開了長長的美食街，李秩的車子開到周邊就被堵得開不進去了，兩人只能下車，步行到那個公寓大廈。

路上，李秩尋思著是不是該買了兩份雞蛋煎餅權當晚餐，但又唯恐這樣的路邊攤徐遙看不上，目光一直猶猶豫豫地在徐遙身上跟攤販身上來回。徐遙看出他欲言又止的原因，心裡發笑，但也不戳穿他，指了指一個賣咖喱魚蛋的小攤車說餓了，李秩這才歡天喜地地去買吃的。

「一份咖喱魚蛋，一份牛雜，一份油豆腐，再一份地瓜球！」

徐遙看著李秩點東西，正詫異他喜歡吃的東西跟他一模一樣，李秩便把一大碗牛雜端到他眼前，「趁熱吃，涼了就很油膩了。」

「你怎麼知道我喜歡吃這些？」徐遙接過食物，溫暖的觸感從指間掌心傳到了心窩。

「你不記得了嗎？有一次你家陽臺漏水，打溼了樓下賣牛雜維生的大叔的爐子，一鍋東西都半熟不熟的，大叔那天就擺不了攤了，吵著要你賠，你覺得他在訛你，堅決不給，還是你報的警。」

李秩笑得一臉開懷，好像在說什麼開心的回憶，「後來我來調停，好說歹說了一會，最後說要麼你嘗一口他家牛雜，再決定他這一鍋牛雜是不是值得這個價錢，你就吃了一口。那時候啊，雖然你沒說什麼，但我看見你的眼睛都發光了。於是你就一臉嫌棄地給了錢。」

徐遙一年得罪不少街坊鄰居，只隱約記得好像有這麼回事，「那，那你也不應該知道我喜歡吃哪些東西啊？」

「後來你叫住我了，說你一個人吃不完，讓我處理。然後除了這幾樣東西，其他全都給我了，那天派出所裡的同事們全都吃得很高興，所以我印象特別深刻。」李秩的笑容讓那一層橙黃色的路燈光染上了厚實的溫暖，「其實回想起來，你當時其實就是想請我們吃東西的意思吧，畢竟經常麻煩我們啊！」

「……不要過度解讀，我就是吃不完，不想讓這股味道占據我的冰箱才塞給你的。」徐遙滿臉通紅，還好天氣寒冷時吃東西本來就會讓臉頰泛紅，看不太出來他的赧然，「你的記憶力怎麼這麼好？」

「……不知道，可能是因為有吃的吧……」李秩自己也愣了一下，當時他並不知道徐遙就是他仰慕的作家，可是他居然能記住關於徐遙的每次查訪，細節清晰得可怕。

徐遙轉了一下眼睛看他，李秩心裡一慌，手一打滑，險些打翻了剛買的咖哩什錦，「哎！」

「怎麼跟小屁孩似的？」徐遙搖頭嘆氣，拿竹籤戳了一顆魚蛋遞到他嘴邊。現在李秩也滿臉通紅了。

兩人一邊走一邊吃，在學生群體裡居然也不是很突兀——鐵哥兒們之間本來就是一瓶礦泉水可以分著喝的關係，何況是這種小吃，一人拿一根竹籤分著吃也很平常。

行動是光明磊落的，只是採取行動的人心中有鬼而已。

來到了工作室前，保全幫他們開了門，已經搜證過一輪的工作室很空蕩，除了一些美術用品，沒留下什麼東西。

徐遙進門就直奔那間儲藏室，他記得裡頭擺放著好幾幅還沒裱框的油畫。李秩抽出一幅來，便看見了一個熟悉的構圖，「兩個少女一個男子，還有丘比特……是那個馬賽塔羅的戀人嗎？」

「大部分是，但有一個細節不同，你看丘比特的弓，」那濃烈的畫風不用細說都能看出是模仿蘇旅的，徐遙指著畫面中的一個細節，「沒有箭，是空弦。」

「奇怪了，那這個男人豈不是兩個女人都不選？」李秩不解，「難道她在嘲諷這些陷入愛情的男女都是空尋煩惱？」

「嘲諷來源於優越感，是一種對別人的鄙視，如果她鄙視這些人，就不會用那麼靚麗鮮豔的顏色了。」徐遙抱著手臂思索沉吟，「她……想要那個男人不要選擇她們中的任何一個，而且男人的用色是最濃烈的，兩個女人都只有大概的輪廓，但男人連緊抿的嘴角都顯示了出來……她喜歡這個男人，而這個男人陷入了一個三角關係，卻是與她無關的三角關係。」

李秩都快被徐遙說暈了，「也就是她單戀著一個周旋在其他兩個女人之間的男人囉？」

「至少這幅畫是這樣的故事。」徐遙忽然覺得後背發涼，總覺得那個男人是真有其人，「李秩，那張快遞單，寄的是什麼內容？」

「石膏像啊，」李秩指了指貨架上的那幾個石膏頭像，「應該就是這幾個吧？」

徐遙深呼吸一口氣，猛地把一個梅迪奇的石膏頭像推到地上。隨著一下砰啷的響聲，石膏像四分五裂。李秩嚇了一跳，但沒來得及問為什麼，徐遙就動手去砸另一個雅典娜的石膏像了。

而這個石膏像打碎後，卻沒有前一個那麼多的碎塊——裡面滾出了一個排球大小的，蒙著白灰的淡紅色物體。

李秩雙目圓瞪，難以置信地拉著徐遙後退一步，下意識就翻口袋找塑膠手套——這無疑是一件非常重要的證物！

「王哥！我是李秩！你馬上去醫院找方碧！能帶她出院就帶她出院，不能就在那裡守著她，千萬別讓她跑了！然後讓鑑識法醫馬上到方碧的工作室來！」

李秩在一旁打電話時，徐遙蹲了下來打量那個淡紅色的物體——那是一個剝掉了皮膚，能清晰看見肌肉走勢的人類頭顱標本，沒有了眼皮的眼球直直地看著前方，竟然還帶著一絲炯炯有神。

是你嗎，那個被惡毒的女神愛上了的男人？

張紅從醫院回到家裡沒幾個小時就接到了李秩的電話，她飛快地趕到方碧的工作室，跟李秩他們一樣，也為這個頭顱標本感到驚訝。

「這不是一般的標本。」

地上鋪了白布，張紅戴上手套、口罩和帽子，小心翼翼地把那個頭顱標本放置其上仔細檢查。沒有一點液體的痕跡，非常乾燥，應該已經被放入這個石膏像裡很久了。

「這不是平常用溶液浸泡的那種標本，是塑化標本。」

徐遙一聽，露出了有些慶倖的表情，「我記得用生物塑化來製作的動物標本，骨頭組織在二十年內也能檢驗出八九成的ＤＮＡ是不是？」

張紅向李秩做個「你看看人家」的表情，「沒錯，如果他曾經違法被抓、記錄過ＤＮＡ，就能知道他是誰了。或者從失蹤人口裡的親屬資料庫裡對比，要找到身分是遲早的問題。」

「最大的問題是他怎麼變成這樣了。」李秩剛聽完王俊麟的電話，知道他已經控制住了方碧，才回來詢問，「如果ＤＮＡ對比沒有結果的話，可以做個電腦模擬，幫他補上皮膚，還原長相嗎？」

「骨骼和肌肉都保存良好，應該是可以的。」張紅按了按頭骨的各處接縫，又觀察了一下一些外露骨塊的邊緣，「頭部沒有遭受重擊的痕跡，也沒有瘀血點，骨骼沒有發黑，死因應該跟頭部擊打無關，也不是中毒，當然也有可能是在製作標本時刻意修補了，這個就要回去解剖化驗……嗯？」

張紅忽然皺起了眉頭，她看著豎立擺放在儲物室一角的那幅戀人油畫，眉頭越皺越緊，呼吸也越來越急促。她的眼睛逐漸瞪大，猛地雙手捧起那個頭顱，把他舉到比自己高三四公分的高度，她緊緊地盯著他，手腳都顫抖了起來。

徐遙渾身一顫，快速上前一步，剛好把脫力跪倒的張紅扶住了，「張紅！」

「你、你知道的，是不是……」張紅垂下手，那頭顱滾落地上，她回過頭去，緊緊抓住徐遙的衣襟，咬著牙控制自己打顫的牙關，「你知道是他，對不對?!」

徐遙秉著呼吸，不算違心地回答，「……我很希望他不是。」

「啊！」

一下既像哭泣也像嘶喊的嘶啞叫聲從張紅的喉嚨裡擠壓而出，彷彿有什麼人扼著她的脖子，李秩完全傻住了，也不能問徐遙這是怎麼回事——

等等，這個石膏像是雅典娜。

雅典娜是戰神，也是法庭和秩序的女神，她還創立了人類的第一座法庭……

這跟張紅的法醫身分很吻合，那這個男人……

李秩倒吸一口冷氣，猛地看向那幅戀人油畫——

他明白張紅為何突然失控了，畫中男子的容貌，就跟蘇旅一模一樣。而且，也跟那個頭顱十分相似。

一個單戀著自己的美術老師的女學生，多麼順理成章的故事。

那麼，畫中的另一個女人又是誰呢？

「副隊長！方碧的病房已經清空了，現在就只有她一個人，院警正看著她。」

醫院電梯口，一見到從裡頭出來的李秩跟徐遙，王俊麟就吧啦吧啦地彙報著進度，「貨運站和附近幾個街區的監視器影像都調出來了，警局裡的同事正在看。魏曉萌說那個寄包裹的人雖然穿戴嚴密，但是他應該不知道監控死角，能找出他的行蹤去向。」

「其實有更快捷的方法，就是問方碧。」

李秩說著，腳步已經跨進了病房。

方碧安安靜靜地坐在病床上，臉色蒼白，被水藍色的布簾襯托著，比平常更柔弱了兩分。李秩不禁想起第一次見到她時，她那濃烈得如同她的畫風一樣的美麗，那時候的他怎麼都想不到，這個美麗的女孩原來不是美人魚，而是蛇蠍美人。

「李警官，徐老師。」方碧緩緩轉過眼睛看向他們，溫婉文弱的語音裡帶著幾分顫抖，好像真的不知道自己為什麼會被監控起來，「是不是阿清發生了什麼事？」

「他很好，態度很合作，律師很專業，做醫生的父母也認識很多國內外精神科權威，相信他不會一輩子待在監獄裡。」李秩走到她的床邊，「但是他永遠都不可能再做醫生了。」

「唉，他都為了我……」方碧嘆氣，她揚起一雙清澄若水的眸子，真誠地說道，「要是我上庭作供能讓他少坐幾年牢的話，我可以出庭的。」

「這個要看他的律師是否要求了。我們今天是為了另一件事找妳的，方碧小姐，或者該叫妳齊櫻小姐？」徐遙抱著手臂，和她保持著一段距離。

李秩走近是想要觀察她的面部表情，徐遙則拉開視角，捕捉她全面的肢體語言。在說到「齊櫻」這個名字的時候，她的表情是很讓人信服的驚訝，眉毛的肌肉都提了起來，但是她的腳指頭卻蜷縮了一下，傳達的是緊張的情緒。

「我在被領養前確實叫齊櫻，但是你們應該也聽出來這個諧音了吧？我的養父母覺得這個寓意不好，就幫我改了名字。」方碧撥了撥頭髮，「已經有七年沒有人這麼叫過我了。」

「七年嗎？我以為，從來都沒人這麼叫過你，」徐遙把從她工作室裡拍下的照片亮到她跟前，是一幅花卉題材的油畫，每朵花都有著非常強大的衝擊力，讓人喘不過氣，「這是妳畫的吧？」

方碧皺眉，「是啊，怎麼了嗎？」

「妳再看看這個。」

徐遙滑了一下手機，螢幕上顯示出當年育幼院畫展裡展出的畫，裡面有一幅儘管稚嫩，但是用色跟風格和方碧那幅花卉圖非常相似的畫。

那是一朵在暴風雨中怒放的玫瑰花，重重疊疊的紅加上花瓣尖上的雨滴，彷彿是那玫瑰流下了血淚，而落款是「齊珥」。

「顧容老師對齊珥的評價是，人是文靜內向的，畫卻狂放桀驁；齊櫻則沒什麼特別，和平常的孩子一樣。當年妳們穿著一樣的衣服慶祝生日，但是齊櫻失足墮樓，所以妳就趁機取代了她，得到一個離開育幼院，成為有錢人家女兒的機會，對吧？」

方碧聽著徐遙說話，露出一個疑惑的表情，「徐老師，你這個推測有點扯太遠了吧，又不是電視劇，怎麼會有這麼離奇的事情？難道我還能騙過我的父母嗎？」

「那就要問妳自己了，畢竟雙胞胎是否心有靈犀這種問題，在全世界都沒有一個定論。」徐遙知道就算她承認自己冒充了齊櫻的身分，但當年判斷齊櫻是意外死亡，她的養父母也已經去世了，這對她沒有實際的影響，「我們來說一點不那麼虛的東西吧，說說妳儲物室裡的那幾個石膏像吧。」

「哦，那幾個石膏像啊，是芊芊姐姐送給我的。」方碧卻說出了一個讓李秩和徐遙都愣住的回答，她沒有一點慌張，甚至有些欣喜，「我想你們都查到我在育幼院裡待過了，那肯定也知道芊芊姐姐到育幼院當過志工吧。芊芊姐姐說這是她一個開美術用品店的朋友不要的東西，專門開車送過來給我的。怎麼了，幾個石膏像有什麼好說的？」

「妳說的芊芊姐姐，是任芊芊？」李秩皺起眉頭，這才發現自己忽略了一個重要的資訊——他一直理所當然地以為這個包裹是別人寄給方碧的，卻沒想過收件人是誰。

「嗯，就是紅姐的好朋友啊，當初她們一起來育幼院看我們畫畫呢！」方碧的眼眉間都舒展了開來，「你們就為了這個特意找人看著我？」

「妳……」李秩真的難以從方碧放鬆的臉容上看出破綻，「妳完全不知道那石膏像的問題？」

方碧不解道，「有什麼問題？就是很普通的素描練習用的石膏像啊。」

「普通的石膏像裡，會用真人頭顱打底做骨架嗎？」李秩逼問道，「不要再裝無辜了，那石膏像裡可是裹著一個人頭標本！」

方碧的臉色變得更加慘白了，「你、你說什麼？怎麼可能……不會的，芊芊姐不會做這種事的！」

「嗯？」

「你們懷疑芊芊姐殺了人，把頭割下來做成標本封在標本裡送給我，這、這太可怕了！不會的，她不會這樣做的！她雖然看起來冷冰冰的，但她內心很溫柔！」

方碧明明在奮力為任芊芊辯白，每一句卻都像是確鑿替她定罪的審判，「你們一定搞錯了，那些石膏像是她從朋友那裡拿的，你們去問她的朋友啊！」

「……妳好像跟她感情很好，可是她不是只去育幼院當過一天義工而已嗎？」

徐遙記得張紅說過，任芊芊只去過一天，對彩虹計畫一無所知。

「我經常去找蘇老師學畫畫，每次她們都在，他們三個人好像經常一起活動，就熟悉了起來。」方碧又繼續「辯白」著，「我覺得芊芊姐姐絕對不會做這種事！而且，把人的頭砍下來就算了，還做成標本，這哪裡是普通人會做的事情？這得掌握什麼解剖化學之類的專業吧？而且也要有專門的地方啊，誰能在家裡做這種事情?!」

「……我想任芊芊會很感激妳的『信任』的。」也許是方碧太著急要把罪名推給任芊芊，連李秩都感覺出來她在說反話了，「既然妳什麼都不知道，我們就不打擾妳休息了，但是請妳繼續留在悅城，我們還是會需要妳提供資訊的。」

方碧點點頭，「我還有什麼地方可以去呢？」

「……」

李秩跟徐遙轉身離開，王俊麟跟上問道，「副隊長，那我們還要監視她嗎？」

「要，但是不用緊跟，留意不要讓她逃跑就好了。」卻是徐遙回答的話，「雖然她胸有成竹，認為我們奈何不了她，但也還是謹慎一點比較好。」

「我還是沒搞懂這個方碧。」王俊麟眉頭緊皺，「副隊長，你說那個人頭標本，真的是張紅的未婚夫嗎？」

「我只見過他的照片，從輪廓上來看很像，但畢竟沒有了皮膚，我也不敢說一定是。」李秩想起張紅悲慟失控的情境，不禁握緊了拳頭，「這個方碧，難道我們就真的抓不到她的任何把柄嗎？」

「我們先回局裡吧，還有很多事情是我們沒搞清楚的。」徐遙揉了揉臉，已經晚上九點半了，他們現在要搶的是時間，「齊珥墜樓的記錄，寄包裹和收包裹的人，那個人頭標本的身分，他的死，還有任芊芊，也把她帶回來問話吧。」

「好，我馬上安排。」李秩拍拍王俊麟的肩膀，「走吧，今晚可有得忙了。」

「副隊長，其實還有一件事，但我不知道跟這個案件有沒有關係。」經過護士站，王俊麟忽然想起來，「我記得我在問醫生的時候，有個護士說，方碧今天發作過一次過度換氣，聽同房的病友說，是一個女人來看過她以後，她就這樣了。那個女人我看過監控，是張紅。」

「張紅來找過方碧？」李秩想了想，「紅姐那性格，來看看自己的後輩也很正常……但是她說了什麼刺激她的話嗎？」

「病友說他們就聊了談戀愛的事情，具體講什麼就忘了。」王俊麟道，「這跟案件會不會有關係呢？」

「不管有沒有關係，查過再說。」

越來越多的線索浮現，但卻缺乏關鍵的證據證實他們的推理。在警察生涯裡，他也碰過不少這樣「疑罪從無」的情況，看著那些從眼神就能看出是罪犯的人逍遙法外，有時候他也希望有一門科學能把人內心的真實想法挖掘出來。

如果犯罪心理學提供的側寫不只是輔助供詞，還能作為專家證據，就跟精神鑑定書一樣有法律效用就好了……

「李秩，」李秩一直沉著臉開車，徐遙也許是感覺到他的灰心，忽然說道，「你知道人跟ＡＩ有什麼區別嗎？」

「啊？」李秩一下子反應不過來，「ＡＩ是人工智慧，就是電腦吧？那跟人當然有區別……」

「區別在哪裡？在於我們的腦子不能像它們的主機一樣拆成一塊塊的零件，我們的思想不能像程式一樣變成一行行代碼，並且知道各部分如何組合嗎？」徐遙道，「但我們也知道知道心肝脾肺腎的作用，知道紅血球，白血球，幹細胞的作用，知道一些DNA的作用……」

「等等，你想說什麼就直接說吧，我現在的大腦處理不了你娓娓道來的引入鋪陳。」李秩哭笑不得，趁著紅燈的時候轉過來看著徐遙，「你想說，是看不見摸不著的思想讓我們區別於人工智慧？」

徐遙卻搖頭道，「不，我想說的是，終有一天，我們的思想也會被落實到每一分存在於我們身體裡的物質，比如愛情起源於多巴胺，母愛來源於催產素。總有一天，我們也能知道到底是什麼東西造成了各種邪惡，終究會有這一天的。但是在這之前，我們所做的努力不是白費的，就像《火星任務》裡的太空人，探索著多年前看似沒有意義的一步，其實也是有意義的……

「就算看不到那一天，你也要記住，你已經成為了這一路過來的地磚裡的其中一塊了。」

李秩靜靜地聽著，這個一點也不安寧的年尾，被徐遙的話逐漸抹平了焦慮和沮喪。這番話澄清了他的雜念，讓他相信自己的努力並不是完全沒有用處的。

「徐遙，我……」

李秩剛張嘴想說什麼，後面的車子就按響了喇叭催他前進，李秩只能壓下那滿腔的情緒，收拾心情踩下油門。

等一切結束後，我一定會找一個機會好好地表達我對他的感謝。李秩對自己說。

我要感謝他出現在我的人生裡，即使他最終決定拒絕我，我也要感謝他曾經無數次拯救過我的人生。

「副隊長副隊長！你回來就好！你快去看看紅姐！」

李秩和徐遙前腳踏進警局，魏曉萌就跑過來焦急地說道，「紅姐非要自己解剖那個人頭……」

「不是有迴避原則嗎？」徐遙皺眉。

「還沒有確定那頭顱的身分，嚴格來說不存在迴避的需要，不過……」李秩嘆口氣，「我也擔心紅姐是在硬撐……我過去看一下她……曉萌，徐老師需要妳幫忙查些資料，拜託妳了。」

「沒問題！」

時間不多，兩人分頭行事，李秩先來到法醫室，卻見助手小阮在工作間外乾瞪眼，「小阮，怎麼不進去幫紅姐？」

「紅姐說她一個人可以了，讓我回家。」然而小阮一臉擔憂，「可是，我從來沒見過她這樣，我有點擔心……」

「你要相信她的專業，她不會因為私人感情而影響工作的。」李秩拿了手套頭套，穿上隔離衣，「你先回去吧，這裡交給我。」

李秩穿戴好裝備便走進解剖室，只見張紅兩手撐在解剖臺上，腰背挺直，僵著脖子向下看，而那個塑化製作過的人頭用特殊支架撐起，以一個正面的角度仰頭，彷彿在和張紅對視。

這個詭異的場面讓李秩發毛，他快步過去，試探著喊了一句，「紅姐？」

張紅猛地轉過頭來，滿眼通紅，把李秩嚇得往後跌了一步，「你回來了？方碧有說什麼嗎？」

「她說她根本不知道這個頭的事情，石膏像也不是她的，是別人送的。」李秩隱去了任芊芊的部分，「我們已經去查那個送她石膏像的人了，妳呢，這個人……」

「是蘇旅。」張紅把一份加急化驗的ＤＮＡ報告遞給了李秩，「根據塑化程度判斷，應該就是失蹤那時死的。製作人類的塑化標本不是那麼簡單的事情，製作週期至少要一年。整個悅城只有一家生物塑化公司，裡面所有的遺體都得登記，這麼長的製作時間裡，不可能沒人認得的，你可以從這個方向去查。」

「……紅姐，妳真的沒事吧？」張紅的冷靜反讓李秩不知所措，「妳……」

「李秩，你知道為什麼ＤＮＡ報告那麼快就出來了嗎？」張紅不但沒有哀嘆，她甚至還「呵」地笑了一下，「因為我當年就把他的頭髮拿去做ＤＮＡ登錄了……我很久之前就已經做好了心理準備，所以我現在只是有一種拖延了五年的電視劇終於結局了的感覺。」

「紅姐，妳要不要請幾天假？」李秩熟悉張紅，知道她那倔強的個性，「反正快過年了，妳可以休息一下。」

「我真的沒事，你別在我這浪費時間了！」張紅猛喝了一聲，「去！找那間塑化公司！再不去人家老闆都睡了誰管你是不是警察！」

「……那我晚點再來看妳。」

李秩拗不過張紅，只能先離開了。張紅看著他走出去，才深深地呼了一口氣，她捧起蘇旅的頭顱，那張她曾那麼熟悉的臉，如今只剩下以化學材料填充的肌理。顱頂肌，枕額肌，帽狀腱膜，眼輪匝肌，那麼清晰地呈現在她眼前。

她看著那些她再熟悉不過的肌肉結構，來自一個她再熟悉不過的男人，可是這兩個「熟悉」疊加的時候，卻讓她感覺無比陌生。她甚至有種想要找到他剩下的遺體的衝動，想看看他的胸骨肋骨，想剖開他的胸膛，看看那顆已經不再跳動的心。

但是她知道，即使她這樣做了，她也得不到她想要的答案。

她把蘇旅的頭顱一遍遍地擦拭乾淨，直到再也沒有一點兒石膏粉，然後寫好分類標籤——他沒有四肢了，無法綁在手指腳趾上，只能在他的耳朵上打上一個洞綁上標籤——再找出一個最小號的裹屍袋，把他放進去，拉上拉鍊，來到一個空的冰櫃格子前，把他安放好，關上櫃門，最後到盥洗間摘取護具，洗手消毒。

這套程序她做過無數次了，所以她完全可以不必思考，放任身體自動行事。她兩眼空茫地抽了紙巾把手擦乾，也跟過去無數次一樣，準備到辦公桌前坐下，整理一份屍檢報告。

但她的腳步在辦公室前停住了。

有一個男人坐在她的位置上，兩腿架在辦公桌上，百無聊賴地翻著桌子上的書。

張紅眼中冒起了洶湧的淚水。

「我跟你說過多少次了，我桌上的檔案不可以看，都是案情機密！」

「我等妳等得無聊了嘛。」

「那你就別來等我了。」

「那可不行，」那乍一看桀驁不馴的人朝她笑，眼中都是溫柔，「自己的老婆肯定得自己來接啊。」

「蘇旅……」

「老紅？」那人站了起來，快步走到她跟前，他嘆口氣，什麼也沒說，抬起手來把她圈進懷裡，「沒事了，哥在呢。」

「……」

明明已經親眼看見了那份DNA對比報告，但是直到張藍的聲音響起，張紅好像才終於意識到蘇旅已經死了。她不必再等候，但也不可能再見到這個男人了。她連跟他說一聲「再見」的機會都沒有了。

張紅嚎啕大哭。

「沒事的，一切都會過去的，沒事的……」

張藍從昨天起就心緒不寧，也許是雙胞胎的心靈感應，他總感覺有什麼不對勁，就打了個電話給王俊麟問局裡情況，這才知道他們正在查辦的案子涉及到蘇旅，連夜就回了悅城。

李秩啊，你們趁我不在都謀劃著要捅什麼馬蜂窩啊？

「張紅怎麼樣了？」

「我覺得她在硬撐，但是她不想讓我看見她情緒不穩定的樣子，就把我趕走了。」

被張紅趕走以後，李秩就往辦公大廳走，剛好和張藍錯開了。他把張紅提供的塑化公司線索告訴大家，安排人去找那個公司的老闆要登記資料。

「屍體應該是五年前的，三十到三十五歲的中年男子，體格高大強健，這是他的照片。標本製作時間比較長，涉及的工作人員也肯定不少，要多留意一下。」

「是！」

「我們也發現了很不得了的內容。」魏曉萌把一份資料遞給李秩，「當年齊珥的案件是隊長負責的，但是提交到檢察院以後，卻被駁回了，不予立案。」

「可這疑點很多啊，光是齊珥齊櫻兩人是否有調換身分就……」

「同卵雙胞胎，即使驗ＤＮＡ都找不到分別，怎麼確認兩人是不是對調了身分？」

張藍的聲音從背後傳來，所有人都唰地轉頭看去，「隊長？」

「你們可厲害啊，都讓局長親自過來指導工作了。」張藍拿過那份檔案，指著那紅色的「不予立案」印章，「你們知道當初這案件送檢後負責審核的是哪位嗎？」

眾人茫然，唯有徐遙皺著眉頭試探道，「任芊芊的父親任君良？」

張藍沒有否認，直接往下說道，「當年任法官站在保護未成年人的角度，覺得這個疑點站不住腳，畢竟連那對養父母都認為方碧就是他們領養的那個女孩，我們又不能對一個十二歲的小女孩逼供……」

「等等，為什麼那對養父母會這麼認為？」李秩不解。

根據顧容的話，齊珥和齊櫻的性格相差很遠，而那對養父母也是看中了齊櫻開朗的性格，怎麼會看不出來後來這個「女兒」性格大變呢？

「他們的子女孫兒都去世了，這時候他們是不會接受連自己領養的孩子都死了的。他們傷痕累累的心靈，選擇相信了眼前的這個女孩就是他們看中的女孩。」徐遙道，「反正長相一樣，大可以安慰自己是經歷了這個可怕的變故，女兒才變得內向了。」

「而且後來還發生了一件事，」張藍向魏曉萌做個手勢，後者馬上讓出電腦給他，他用隊長的許可權登陸了未成年人刑事案件的資料庫，調出一份檔案，「方碧在蘇旅失蹤一年多以後遭到了性侵，因為是未成年人，資料是保密的。」

李秩皺眉，「那你現在告訴我們，是因為？」

「我聽你們說了，要找塑化公司的源頭，對吧？」

張藍把螢幕轉過去給他看，只見螢幕上的那個男人一臉僵硬，眼神閃躲，有一種長期缺乏與外界溝通的忐忑，旁邊寫著他的個人資料，米炳舒，男，三十六歲，身高一百六十八公分，體重五十八公斤，職業……

「哈根斯生物塑化公司技術員！」李秩瞪大眼睛，總算找到一點跟方碧有關係的線索了！「他現在在哪？在牢裡還是釋放了？我們馬上去找他！」

「還在牢裡呢，侵害未成年人，而且拒絕認罪，一點刑也沒減，足足十年。」

張藍深呼吸一口氣，「而且這個案件的負責人，還是任法官。」

「……任法官對方碧好像很照顧，涉嫌謀殺不予立案，受人侵害不予減刑。」徐遙看了看四周，夜幕已經低垂，大部分的人也都被遣出去辦案了，偌大的辦公大廳裡就剩他們四個人了，「隊長，我冒昧問一下，張紅和任芊芊的感情好到什麼程度？」

「啊？」天外飛來一筆，張藍詫異道，「這我怎麼說……不過老紅朋友也沒幾個，任芊芊應該是她最好的朋友了。你問這個幹嘛？」

「你們都不看電視劇的嗎？」魏曉萌首先反應了過來，「徐老師是懷疑，那幅畫裡，另一個和蘇旅有感情糾葛的人是任芊芊！」

「最好的兩個朋友愛上同一個人，這種劇情也太狗血了吧？」李秩正覺得「沒有理由吧」，卻猛然想起那個雅典娜石膏頭像——任芊芊不也一樣是司法體制中的一員嗎？

「在蘇旅失蹤一年以後，也就是足夠讓他變成一個塑化標本以後，就有一個塑化公司的員工因為方碧而入獄，有這麼湊巧的事嗎？」徐遙對張藍道，「能不能馬上安排到我們去見一下這個米炳舒？」

「你說見就見啊，那可是監獄！」張藍才從度假狀態回過神來，「怎麼，你還指揮起我來了？」

「噗」地一下，李秩和魏曉萌都笑了出聲，這種嚴肅凝重的氣氛下，也就張藍能讓人笑出來了。

魏曉萌幫一時無語的徐遙打圓場，「這不是因為隊長你人面廣、地位高嗎？你肯定認識典獄長什麼的，比我們走常規程序快啊。」

「沒錯，隊長，你看這都快十點了，我們明天中午就得結案，那時候就不好再動作了。」李秩也跟著賣乖，張藍白他一眼，拍了一下他的額頭。

「你傻啊，局長說要結的是王志高的案件，現在你們查的是蘇旅失蹤及死亡的案件，這是同件事嗎？」

「咦？」李秩一愣，對啊，這明明是兩個不同的案件，為什麼他會那麼自然地以為是同個案件呢？

因為都涉及方碧嗎？

不對，是因為方碧都很巧合地游離在這兩個案子的外緣。他和徐遙都太著急在兩個案子中同時找到她的位置了，而忽略了這本來就是兩個不同的事件。

如果不是沒見過方碧的張藍提醒，可能他們還在為這個時限而苦惱，李秩忽然明白了徐遙在醫院見過方碧後說的話——這個女孩很會操縱人心，不僅是文守清，連他們都不知不覺掉進了同樣的陷阱。

「就算沒有這個時間限制，也是盡早查明比較好，那還來得及勸文守清在結案前再多坦白一些。」徐遙也跟李秩一樣，從那陣被操縱的後怕中緩過來，他看了看羈押室，「他也是受害者。」

「典獄長我是不認識了，我跟老胡討個人情，讓他幫我拉個交情吧。」胡國鋒是市刑偵隊隊長，面子總比他一個區的還大。

張藍指了指李秩，又慢慢把指尖轉到徐遙身上，「不過我可告訴你們，在你那位故人提出的建議中，任君良是跟局長站在同個立場的。你們要查到他，可得小心了。」

李秩不解，「我們跟檢察院是兩個單位，小心什麼啊？」

「那當然是小心，不要剛醒悟過來剪斷了一把木偶線，卻又掉進另一個坑裡，讓自己成了另一個人的木偶了。」張藍點到為止，「我陪老紅回家休息幾天，你們繼續努力吧！」

「……好。」

李秩看著張藍離開，不知道為什麼，忽然覺得他好像已經不屬於這個警察局了一樣。

難道他最後做的決定，是他最不希望見到的那個決定嗎？

「你就這麼質疑你的偶像啊？」徐遙拍拍他的肩。

「嗯？我沒質疑你啊？」

「我說的是張藍。」徐遙道，「不是非要每天心心念念的才叫偶像，以他為榜樣而前進，為了靠近他而努力，看著他背影一步步走到和他一樣的高度，能讓你這樣做的人，才是真正的偶像。」

李秩愣了一下，那股莫名的擔憂消散殆盡，對，這是他從小就希望自己如他一般的哥哥，他怎麼能這樣小看他，認為他會挑一條比較容易的道路呢？

李秩笑道，「能不能再講一遍，我想抄下來。」

「幹嘛？」

「以後我遇到什麼破壞公共秩序的追星族，我就把這段背給他們聽！」

「那可是要付我版權費的！」

我給啊。李秩心裡想，我想把我這輩子都給你，夠了嗎？

悅城懷安監獄中，囚犯們都已結束了活動時間，回到各自的牢房，除了巡邏的獄警和環繞四周的強光照射燈，四周只剩一片嚴肅沉重的安靜，是最適合這片悔過之地的場所。

但十點多的時候，這重靜默被一束亮光劃開了，一輛登記過的警用商務車開進了懷安監獄。車上下來兩個男人，兩人看起來年齡都不大，也不像什麼重要人物，只有兩個監獄警察上前，把他們帶到平日讓犯人會見親屬的房間。

「典獄長交代，只能給你們十五分鐘時間，不可錄音，不可拍照，清楚嗎？」

「謝謝。」李秩向他們道謝，便和徐遙一起走到那個被強化玻璃隔開的探視間，強化玻璃上有可讓聲音通過的小孔。隔間並不寬闊，李秩跟徐遙擦著肩膀坐下，李秩縮了縮身體怕擠到徐遙，被後者翻了一個快到天上去的白眼。

玻璃板對面，一名獄警帶著一個男人進來。那人剃著小平頭，嘴角有一處明顯的瘀黑，臉上也有不少正在癒合的傷痕。

「這裡也跟美國一樣嗎？」徐遙不禁問道，「我以為這裡會更怕鬧事。」

「哪裡的監獄都有人鬧事，而涉及婦女兒童的罪犯是最不能理直氣壯說話的，自然更容易被欺負。米炳舒雖然不認罪，但別人可不管這個，本來他們打架鬧事也不是為了什麼正義公理，不過找個藉口而已。」說話間，米炳舒已經在對面坐下了，李秩轉頭面向對方。

「米炳舒，我是悅城永安區警察局副隊長，我叫李秩，這次來是想問一下關於方碧的案件……」

「沒有案件，有也是冤案！」一聽方碧這個名字，米炳舒那死水般的眼神就波動了起來，他抬起頭來，盯著李秩，「我沒見過你！張藍呢！他冤枉我！我不會放過他的！」

「如果你一直這麼激動，我們什麼都幫不了你。」李秩敲了敲玻璃讓他冷靜一些，「當時在方碧身上找到你的精液和毛髮，你無法提供不在場證明，而且還在你家搜到了帶有方碧血液的內衣，你要說隊長冤枉你的話，也得提供哪怕一個疑點讓他去查吧？」

「我根本就不認識那個方碧，這不就是最大的疑點了嗎！」米炳舒急忙道，「我連見都沒見過她，怎麼會侵犯她？」

徐遙皺眉，「你說你連見都沒見過方碧？可是方碧卻能說出你的體貌特徵，還有當時你手臂上的傷……」

「那是我工作時不小心弄傷的！」米炳舒突然一頓，他大概很久沒有好好跟人說話了，隔了一會兒才反應過來，「你們說什麼，你們要幫我？」

「我們想要幫你。」李秩道，「但是你必須要配合，如果你對我們有所隱瞞，我們什麼都做不了。」

「我沒有說謊，我說的都是真的！」

「可是你當時的女朋友是誰，你就沒告訴警方。」

徐遙一句話就讓米炳舒徹底安靜了下去，他縮到了椅子裡，垂著眼睛閃躲道，「我、我這種陰森的男人怎麼會有女朋友？」

「如果你說自己是被冤枉的，那就只能是你在某個地方留下了精液，通常情況我們會懷疑是男女朋友親密的時候留在了保險套裡，但既然你說沒有，」李秩聳聳肩，「那就只能是你侵犯了方碧了。」

「我沒有碰過那女孩！我真的沒碰過她！」米炳舒搓著兩手，支支吾吾，「我，我這種人，還能從哪裡找人上床……就是，就是出來賣的，但是人家也不會無緣無故害我……」

「哦？那你說說找的是哪個號碼的小姐，怎麼找的門路？」李秩「呵」了一下，「如果真是這樣，你為什麼不告訴警察，要這麼護著那個小姐呢？」

「我哪有護著她，不就是路上遇到站街的，說好價錢就行了，哪裡來的門路號碼？」

「你以為是八〇年代呢，還能滿大街遇到？賣淫是犯法的！」李秩用力一拍桌子，「算了！你這人滿口謊言，就算沒有侵犯未成年少女，一定也做了什麼見不得光的事！徐遙，我們走了，別管他了！」

「唉，你剛剛才說真相比較重要呢，再留一會。」黑臉白臉的技倆徐遙見多了，沒想到自己也能演一回。

他一邊假裝安撫李秩，一邊留意著米炳舒的反應，卻見李秩說到「見不得光的事」時，他的眼睛快速眨動了幾下，搓得發紅的手交握在一起，似乎十分緊張。

「哎，米先生，你以為你不說，我們就查不到你當時在和誰交往嗎？那可是高門大戶的千金，在我們這行裡，怎麼有能捂得住的火？」

米炳舒猛地抬起眼來，儘管他沒說話，但徐遙知道自己猜中了，他接著說道，「任君良早年喪妻，一個人把女兒拉拔大，於是特別心疼那些沒有父母的孤兒，尤其是女孩。所以遇到方碧這事情，就算是女兒的情面也沒得商量，一天刑期都不會幫你減的。」

「呵，減刑？」米炳舒卻冷笑了一下，「我被抓了以後，別說幫我，她連見都不肯見我。我託同事找她，她居然說不認識我！也是，我這種給屍體剝皮的技術工，怎麼配得上人家呢？」

「米先生，你的工作可不只是技術工人，塑化標本的製作，也不只是把剝了皮的屍體放進化學液體。」徐遙說著，李秩便把蘇旅的頭顱標本照片貼在玻璃隔板上，「她和你交往，也許就是因為你是這個技術工呢？」

米炳舒看清楚那照片後，臉色便刷地蒼白了，那緊張的反應積累到了極點，爆發成了恐慌，「你，你們……這是……怎麼……怎麼會……」

「只要你說出真相，我們可以做個交易，不追究你非法處理屍體的罪名，而且，還能幫你上訴，摘掉這個強姦犯的罪名。」徐遙看他的心理防線已經脆弱不堪了，加緊追擊，「任芊芊給你的那具屍體，到底是怎麼回事？」

「我、我不知道……」米炳舒重重地垂下了頭，額頭磕到了桌面，彷彿在向照片中的蘇旅認罪懺悔，「我追她很久了，但她都不理我……有一天，她忽然哭著打電話給我，叫我救救她……我去到那裡，那個男人已經死了，她說是他想侵犯她，她反抗才失手殺了他，她求我……我當時也很慌，但他欺負芊芊，我更恨他，就沒想那麼多，剛好那時候廠裡有一批自願捐獻遺體的屍源，我就把它混進去一起製作，等做好以後，把它肢解了，混進其他送出去的貨裡。」

「收貨人發現多了一些標本，不會覺得奇怪嗎？」那可是人體標本，跟多隻鳥多隻老鼠不是同個概念。

「那些都是醫科大學啊研究所啊，我跟他們說這些是在國外展覽完畢的標本，捐獻者也想為醫學做貢獻，所以由我們隨機分配給各個研究機構，他們還非常感謝我們為醫學所做的貢獻呢。」米炳舒自嘲地笑道，「現在想起來，真的覺得自己是個傻瓜……」

「你就沒懷疑過，是她栽贓嫁禍你，讓你坐牢，好讓你消失嗎？」李秩疑惑，一般人也會這麼懷疑吧？

「……我跟我的律師說過，他說他去周旋，但是後來，他跟我說了芊芊的父親是誰……如果我說出去，那都是無憑無據的，還會多一條罪名，倒不如乖乖認罪，還能減刑。」米炳舒咬了咬牙，「可我沒做過！我不服，我就不認罪！十年，哈，這十年，我就當作是為這個男人坐的牢吧。」

「那些機構的名字，還有對應的身體部分，你都還記得嗎？」李秩深深地嘆了口氣，「說出來，交給我們吧。」

「交給你們有什麼用，就算你們把他拼回去，也只是證明我非法處理屍體而已，沒有證據證明是她指使我的。」

「你還記得她叫你去的那個地方是哪裡嗎？」徐遙忽然問。

米炳舒皺著眉頭回憶，「是……是一個畫畫的地方，那裡很黑，我沒看清楚。」

「既然沒看清你怎麼知道是個畫畫的地方？」

「有畫架啊，還有很多那種白布，顏料什麼的，大概是打鬥過吧，摔得滿地都是。」米炳舒捶了捶手背，「那地方在美術學院附近，我那時候就是在美術學院站下車走過去的，具體路線不記得了，但肯定是在美術學院附近。」

李秩皺眉，「美術學院附近畫畫的地方，那不是等於白說嗎？」

「如果你們找到那個地方，找到了能幫助我的證據，我就告訴你們剩下的屍體標本去向。」米炳舒眨眨眼，「我被人騙得夠多了，這次不見到真憑實據，我什麼都不會說的。」

「……行，那你就繼續在這裡，被人當作強姦犯招待吧。」

十五分鐘時間到了，兩人在獄警的護送下離開，不必言說，李秩已經開著車往美術學院方向走了。

夜色已深，懷安監獄偏僻寂靜，一路前行，兩旁都是幽幽的黑，只有等距間隔的路燈飛快掠過窗外，拉成一道道虛無的光影。

「……你還好吧？」徐遙輕輕搭了搭李秩的手臂。

「沒什麼，就是有點難受。」李秩也不知道自己心裡的難受是因為調查又進了死巷，還是人性自私至此，明明自己也被冤杜而深陷泥濘，卻不願意為一個有機會沉冤得雪的亡魂伸冤。

「我沒事，自己沉澱一下就好了……徐遙，五年前蘇旅真正死亡的地方，你有什麼頭緒嗎？」

「……其實我真的有頭緒，只是剛剛看他那麼斤斤計較，不想告訴他而已。」徐遙笑笑，「他把自己說得很無辜很偉大，但到底他是追求還是糾纏任芊芊；事發後，他是真的想保護她而毀屍滅跡，還是以此為由索要別的東西；方碧案中，到底真的是任法官運用勢力封嘴，還是談判崩了而惹得他更加生氣，誰知道真相到底是什麼呢？如果這次我們憑自己在現場找到了證據，那也不妨讓他繼續懺悔了。」

李秩一腳踩下煞車，轉過頭去看著徐遙，瞪得銅鈴大的眼睛好像在譴責徐遙不該這樣公私不分，徐遙不以為意，「你是警察，你得秉公辦理，我又不是警察，我就是這麼樸素正義，不講規矩，沒有道理。」

「我、我先說了，對不起！」

李秩卻是開口就道歉，徐遙一愣，已經被他攬進了懷裡，「徐老師，你儘管隨心所欲，別的就交給我處理吧。」

徐遙一愣，才想起這是他跟鄰居鬧矛盾時，李秩用來勸他少說兩句別火上添油的話。那時候他是嫌他麻煩，可現在，卻是包容他那些黑暗的想法，不強迫他正面，不要求他積極，他就那麼守在他身邊，撐起點點亮光。

星星之火，可以燎原。前人教訓，果不欺我。

「行了，我就是隨口說說過個嘴癮，我可沒有清道夫情節。」徐遙抬起手像安撫小孩一樣拍了拍李秩的背，「還想不想知道那個畫室是什麼地方啊？」

「當然想！」

李秩趕緊鬆開手——這次他算著了，徐遙拍了他兩下以後，手掌就放在他背上沒下來了。

「那地方，應該就是旅人畫廊。」徐遙理了理衣服，「雖然地址不在美術學院路，但正好位於兩條路的交界處。我看過了，從後門出去的話，過一個路口就是美術學院站了。」

「什麼？」李秩難以置信，「任芊芊就在蘇旅的地盤上殺了他?!」

「飛飛說過自從蘇旅失蹤了張紅就一直把畫廊維持原狀，只要沒有經過強烈化學劑清潔，血跡都能透過魯米諾試劑驗出來。」徐遙指了指前方的綠燈，李秩會意，加快速度趕往旅人畫廊，「那又是個貯存畫作的地方，應該不會有強酸強鹼之類的東西。」

「那我先通知趙哥一個人過來，不要太顯眼。」李秩道，「畢竟牽扯到了任法官……」

「嗯。」

徐遙含糊地應了一聲，確實，這個案子越查下去，便越感到每個人所做的事情都是被控制被威脅的。他原來以為是文守清個性軟弱才好控制，但是現在看來，似乎每個人都成了一個傀儡，被各種不同的絲線纏繞著，做下各種看來毫無關聯的罪案。他們都猜不到操縱絲線的人到底真的只是方碧一個少女，還是有其他更強勢的協力者，對於只是猜測階段的採證，還是保持低調比較好。

車子飛快往畫廊趕去，到達時趙科林已經背著工具包等在門口了。李秩跟他快速交代了案情，便撬開門鎖，潛入了畫廊。

「米炳舒說的地方應該是倉庫，不過我們也不要忽略其他地方。」

「行，我們先到倉庫，檢查完了再去別的地方。」

三人摸黑到了倉庫，打開燈來，至少二十平方公尺的空間裡擺放著不少畫框畫架，貨架上擺放著一些畫具，其中一面牆垂掛著一整幅的白布，應該是為一些油畫遮光用的。

「這該查些什麼呢？」李秩四處張望，「時隔多年，還有什麼東西能夠指證凶手呢？」

「毛髮指紋之類的是不可能的了，肯定早就被清乾淨了……」徐遙也一樣抱著手臂思考，「米炳舒說，當時畫具散落一地，應該是有掙扎過的……我們先看看從血跡上能看出什麼來吧？」

「好，交給我。」

趙科林俐落地打開工具箱，各式化學溶液和專業工具在他手中像是魔術師的道具，他調配好試劑，在地上噴灑。李秩和徐遙在倉庫門外候著，待趙科林完成工作，便關上了日光燈。

卻見一片黑暗中亮起了微弱的藍光，儘管那螢光淡得如同閉上眼睛時在眼皮上閃過的光影，但這麼有規律有軌跡的螢光，絕對不是錯覺——只見倉庫正中央有一大片螢光，應該便是蘇旅最後失去行動能力倒下的地方，一道腳步拖拽的痕跡從靠近貨架的地方延伸到正中央，那面牆上也有零星的光斑，應該是飛濺到牆壁上的血跡了。

「看來是刀具之類的利器刺殺的。」三人打著小手電筒觀察現場，趙科林一邊拍照一邊研究血跡，「你看這裡，這是血滴重疊產生的痕跡，凶手拔刀以後沒有追上去補刀，他就站在這裡，看著蘇旅從這裡走到中間，然後不支倒地。」

「蘇旅被刺以後第一反應是逃走，說明對方應該比他高大強壯，不是能反抗的對手，」李秩不解，「任芊芊一個人做不到啊，難道米炳舒說謊了，他來的時候蘇旅沒有死，是他殺死他的？」

「米炳舒那個頭，根本不是蘇旅的對手。」

蘇旅身高一百八十公分，體重八十五公斤，而且常年背著畫架東奔西走，像個拳擊手多過畫家。

徐遙循著那血跡反光，看到一個不太自然的延伸，「趙哥，這個痕跡是怎麼弄出來的？」

徐遙疑惑的那處痕跡，是從正中央那灘血跡裡斜斜地劃出的一抹，打個不太恰當的比喻，有點像在快要乾燥的顏料上沾一點水，再用力抹出來的一道裡實外虛的痕跡。

趙科林蹲在地上換了幾個角度觀察，他比劃了一下，向李秩道，「用說的比較難解釋，副隊長，你能當個模特兒嗎？」

「嗯？」李秩有點意外，但也立刻躺下了，「好。」

「謝謝副隊長。」趙科林那厚厚的黑框眼鏡片後也看不出一點戲謔，這是他的專業，他比任何人都更尊重它。

他擺弄著李秩的手腳，解說道，「比如我被刺到了要害，倒在這裡了。我的手一開始是捂著傷口的，所以血會順著手肘流下來，在這裡形成一道特別的血滴重疊；但我馬上要死了，沒力氣再繼續按著傷口了，手便自然地鬆開，往身邊跌，形成了這個像砸下來什麼東西的塊狀螢光；但我還是不甘心，便動了動手，那些在手上已經黏糊了的血，就畫出這種有點乾燥的拉痕。」

「他臨死前動了動手？」李秩眨眨眼睛，「是不是他想寫下凶手的名字？」

徐遙對他翻一個巨大的白眼，「你以為是武俠小說啊？」

李秩搔搔頭髮，「那不然他要幹什麼？」

「對啊，他要幹什麼呢……」徐遙蹲下來，打量著扮演屍體的李秩，又向趙科林問道，「趙哥，你能推測他當時的姿勢嗎，能看出頭顫看向什麼地方嗎？」

「根據我的經驗，被刺破內臟的人嘴裡也會流血，如果他的頭側向某一邊，那麼嘴角流出來的血，也會形成一塊比較小的血滴重疊的痕跡，比如這個點，」趙科林讓李秩平躺在地上，把他一隻手放在身側，頭顫微微轉向一個地方，讓他的嘴角和那個點對正，右手也抬到了那個劃痕的高度，「大概是這麼個姿勢。」

「李秩，你現在這個方向看到些什麼？」

「什麼都沒有啊……」李秩動了動手指，「就只有一塊白布。」

「白布……白布？」徐遙往那面牆走去，他拉開那道白布垂簾，底下只有層層疊疊的畫布畫框，一層疊一層，徐遙試著搬動最上層的一幅，立刻被落下來的一團灰塵嗆到咳嗽了起來，他搬下那幅畫，手電筒的燈光照到那幅畫背後寫著二〇〇〇年春，筆觸看起來也很生澀，應該是很久很久以前蘇旅的習作，他死後就一直堆放在這裡了。

「這是什麼？」李秩爬起來，湊過來看，「這些畫應該是沒有用的吧？」

「就算沒有用，張紅也不會把它們處理掉的。」徐遙輕嘆一口氣，「幫我搬回去……誒！」

「小心！」

那幅畫年代久遠，畫框邊緣部分已經老化龜裂，徐遙一手抓上去便碎了一塊，畫框的木刺扎了他的手一下，他吃痛失手，搬到中途的畫脫手，砸到其他的畫，那些重疊的畫框像是積木城堡，嘩啦一下倒掉一大片，李秩一手拉著徐遙後退了幾大步，才躲開了那些畫框。

「咳咳，咳咳……」

傾倒的畫框揚起了一大陣灰塵，趙科林忍不住跑到門外去，扶著牆咳嗽時把燈按亮了，剎那亮起的光刺眼得讓李秩跟徐遙都捂住了眼睛，好一會，兩人才一邊揮手搧開揚塵，一邊打量那些倒地的畫。

它們實在是太老了，這麼一摔，有的畫面開裂，顏料簌簌地落下，有的釘子都翹起了，掀起了一個卷起的角，有的甚至摔得畫布都從中間劃開了，情況當真慘烈。

李秩苦著臉，「紅姐會殺死我的。」

「也許我們查出真相以後，她就不愛他了，會放過你的。」徐遙無奈地勸說著，忽然，他發現那傾倒的畫框後掉出來了一個黑色的大方塊。

一臺早已經沒電了的黑色多美達 HD-888 攝影機。

隱藏在那層白布後足足五年的攝影機，記憶卡一直在機身裡。多虧悅城氣候不算特別潮溼，沒有發脹發霉，就那麼靜靜地躲在那些年歲久遠的舊作品後，等待能夠為這些作品的主人伸冤的人發現。

匯出的畫面不需要修復，螢幕上清清楚楚，就是蘇旅在看著鏡頭說話。他把機器放在跟他高度相符的位置，便往後站了兩步，深呼吸一口氣，開始講述他最後的故事。

「張紅，我知道妳一定會說我是一個儒夫，不敢面對面地向妳坦白；我是一個從不在乎別人評價的人，但是唯獨妳的失望和傷心，是我不敢承擔的，所以我只能選擇這麼卑鄙的方式向妳懺悔……誰啊？」

畫面裡傳來咚咚咚的敲門聲，蘇旅把攝影機往畫框後一塞，拉上布簾，但沒有拉嚴密，仍然漏出了巴掌寬的空隙，畫面外傳來了蘇旅說話的聲音，「方碧？這麼晚妳過來幹什……」

「你是不是要走了？」

畫面裡拍不到方碧，那時候她才十四歲，高度不足以讓攝影機拍到，而聲音也比較稚嫩。

「妳說什麼？」

「你別騙我，我看到你去買機票了！」方碧的聲音很著急，「你為什麼要走？就因為任芊芊嗎？」

蘇旅猛地回過頭去，「妳為什麼……」

「我看到了你們在一起了，但是那有什麼呢，你們都不說張紅不就不知道了嗎？」蘇旅踉蹌了一下，像是被人拉了一拉，「男人不都這樣嗎，有什麼好內疚的？」

「……妳還小，不明白大人的感情，錯的是我，我必須離開。」蘇旅說著，往房間中央的空地移了移，他插著腰，感覺難以向她解釋他們的關係，「妳不要告訴張紅……」

「你帶我走，那我就不告訴她。」

「什麼？」

「你帶我走，我可以當你的模特兒，我那麼漂亮，一定可以幫你賺到很大的名氣。還有，我快十五歲了，很快就成年了。」方碧跟了過去，距離拉開，鏡頭裡總算出現了她的臉。

「妳在說什麼？我怎麼可能帶妳走！」

「你跟任芊芊睡不也是因為她長得好看嗎？」方碧拉住蘇旅，「我跟她們不一樣，我跟你是同種人，我們都需要很多很多的東西來填補內心，我懂的，所以我不會像她們那樣要求你只能有一個人！」

「我是很貪心，但是我也有良知，沒有生命的東西我可以全都要，但活生生的人不行，她們也是有感情的。」蘇旅忽然冷笑一下，「我跟妳不一樣，齊珥。」

「……我是齊櫻。」聽到這句話時，方碧捏了捏袖口。

「我不管妳是誰，總之妳不要管我們三個人的事，不要跟張紅或者任芊芊亂說話，不然我不會放過妳。」蘇旅居高臨下地逼視著方碧，直到方碧低下頭去，才轉過身去，像是要趕人了，「妳走……嗯？」

畫面之中，方碧快步衝了過去，角度所限，看不見她手裡到底拿著什麼，但是蘇旅眼睛瞪大了眼睛，他捂著腹部，跌了兩步，方碧站在原地，直到蘇旅倒在地上，她才慢慢地走到了他身邊，站在那裡凝視他。

她手裡拿著的，是一把帶有鋸齒的油畫刮刀。

「夠了，不用播了。」

偵訊室裡，任芊芊一直用發抖的雙手捂著口鼻，即便如此仍能聽見她如同喘氣一樣的沉重呼吸。在蘇旅倒地的時候，她終於發出一聲悲哭，捂著眼睛叫人把電腦移走，「我怎麼那麼笨……我怎麼那麼蠢……是我害了蘇旅，是我害了張紅，是我害了米炳舒，都是我，都是我……」

「所以米炳舒的案件，真的是妳栽贓嫁禍的？」李秩合上筆記型電腦，「妳利用完他，就想讓他閉嘴？」

「我不知道是這樣的，我真的不知道！」任芊芊涕淚交零，「我接到方碧的電話時，她說的是蘇旅想要誘拐她離開，她還給我看了他訂的機票。她說與其讓蘇旅這個壞人傷害張紅，不如讓他消失，讓張紅誤會他失蹤也比同時被愛人和朋友出賣好。她說服了我，於是我讓當時追求我的米炳舒處理了蘇旅。但是之後米炳舒一直用這件事威脅我，他不只要錢，他還要和我結婚，所以我聽了方碧的話，讓他知道他威脅不了我。」

「妳讓他知道他威脅不了妳的方法，就是利用你父親的權力嗎？」

「不是，我沒有告訴我父親，我父親完全不知情，那個律師以前欠過我人情，所以他沒把事情告訴我父親，而是告訴了我。」任芊芊連忙搖頭，「我父親什麼都不知道，他是一個好法官，他不能被我這個不長進的女兒拖累！你們要相信我，我什麼都坦白了，你們一定要相信我！」

「……芊芊姐，妳真的以為只要妳父親不知情，他就會沒事嗎？」

任芊芊掩面痛哭。

而二號偵訊室裡，方碧的神情卻和任芊芊截然相反，不僅沒有一點被抓到馬腳的慌張，面對那記錄了案發完整經過的影片，更是看得津津有味。

「哦，原來後面她是這樣處理的，我就說嘛，她一個人怎麼搞得定那麼高大的蘇旅。」

「方碧，妳現在被指控殺害蘇旅，教唆他人非法處理屍體，誣告米炳舒，對於這三條指控妳有什麼要說的？」王俊麟看著方碧，完全無法把她和中午那個被男友傷害的柔弱女孩聯繫起來，「坦白招供吧，已經證據確鑿了。」

「我殺死蘇旅的時候只有十四歲，誣陷米炳舒的時候也只有十五歲。」方碧笑笑，「你比我清楚這是什麼意思。我才十九歲啊，我真心悔改，相信法官會給我這麼一個可憐的孩子改過自新的機會。」

「妳別得意，十四歲已經要對故意殺人這種重罪負刑事責任了！」王俊麟被方碧的態度挑釁到了，他拍了一下桌子，「影片裡顯示妳完全是蓄意殺人，妳那汙衊別人要對妳動手動腳的慣用說辭可說不通了！」

「哦，那說不定是我控制不了我自己呢？」方碧扁了扁嘴，「我可是被王志高那彩虹計畫洗腦過的孩子，我可是分配在陰暗組的。」

「嗯？」監控室裡的徐遙聽到方碧說到「彩虹計畫」，他按著麥克風道，「稍等一下，我進來。」

「好的。」王俊麟按了按耳麥，哼哼道，「看我們找專家來收拾妳。」

「專家？」方碧心裡閃過一個人的模樣。

「方小姐，還記得我嗎？」徐遙走進來，「我是他們的顧問，研究的是犯罪心理學，剛剛妳提到了彩虹計畫，所以我進來瞭解一下情況。」

「彩虹計畫就是王志高他在我們育幼院裡搞的一個心理實驗，他把我們分成兩組，想透過畫畫來影響我們的性格，我就是被分配到黑暗組的。」方碧一臉無辜，「不只是我，還有我的姐妹齊珥，我們的性格都變得很奇怪，齊珥還自殺了。一定是那個彩虹計畫把我變成一個會殺人的孩子，我那時候才十四歲，那個計畫才剛結束沒兩年呢，我也是受害者。」

「我很奇怪妳怎麼會知道彩虹計畫，」徐遙道，「甚至連院長都以為這是個普通的畫畫教室而已，妳是怎麼知道這是一項心理實驗的？」

「那你就要問任芊芊了，她給我的包裹裡，就是裝著蘇旅人頭的那個包裹，裡頭就有一份彩虹計畫的內部報告書。」

「妳為什麼要拿走那幅戀人，僅僅是因為妳喜歡蘇旅嗎？」徐遙卻問道，「還是妳要用這幅畫把王志高引到妳的工作室去，好下殺手？」

方碧似乎沒想到徐遙會問王志高的殺人案，「你在說什麼啊，你們不是要控告我殺死蘇旅嗎？王志高跟我有什麼關係……」

「有，那幅畫就在妳背著的那個畫筒裡，我第一次在旅人畫廊裡見到妳時，妳就已經背著那個畫筒了。」徐遙終於從她眼中看到一絲被打亂節奏的不快，「文守清說是因為王志高對妳意圖不軌所以他才殺了他，但是王志高為什麼會選擇在妳的畫室裡對妳不軌？他明知道妳跟文守清是男女朋友，也不難推斷那麼高檔的工作室是文守清這個富家子弟的財產，他還跑到那裡去，只有一個可能，就是那裡有他非要得到不可的東西，那東西不是妳，而是被妳偷走的蘇旅的畫！」

「我偷走那幅畫只是因為我喜歡蘇旅，你也看到了吧，我也臨摹了一張戀人的畫……」

「妳拿走那幅畫沒有意義，因為那畫裡沒有妳，就跟妳畫的那幅戀人一樣，妳不希望蘇旅跟張紅或者任芊芊在一起，那幅戀人對妳毫無意義。」徐遙忽然笑道，「是我一直被那幅畫迷惑了，妳只是想讓我們往感情上想，但是其實那幅畫的作用是把王志高引去工作室。如妳所言，彩虹計畫是一個涉及人性道德的失敗的心理實驗，王志高事後一直想辦法回收蘇旅畫的畫。不止蘇旅，還有顧容，他怕這些畫家的畫會洩露他的計畫。事實上，旅人畫廊現在的陳列方式就是一個喚起記憶的心理實驗布局，他的擔心並不是多餘的。」

「……我的確殺了蘇旅，我認罪，我可以進羈留室了嗎？我很不舒服。」

「妳殺蘇旅這不是證據確鑿嘛，我比較想知道妳為什麼殺了他，只是因為他拒絕了妳嗎？」徐遙捉住她的手腕強迫她看著他，「還是因為他居然不受妳的蠱惑？」

方碧兩眼驀然睜大了，好像表演木偶戲的舞臺被抽掉了遮擋板，讓藏匿其後的操偶師無處躲避。

「妳從小就知道自己能夠輕易得到別人的信任，妳從小就知道容貌的好處。顧容、妳的養父母、文守清、裘飛飛，甚至張紅，妳一直都能擺布別人為妳鋪路，但是有兩個人卻不聽你的，一個是妳的孿生姐妹齊櫻，一個是蘇旅。」

徐遙的心理側寫裡缺掉的那塊終於補上了——高智商但是缺乏社會經驗，自視甚高但有情感障礙，就是如果給對方看社會新聞，對方第一時間並不是同情受害者，而是嘲笑加害者，因為對方一直都是那個操縱別人的人。

「齊櫻擺脫妳，投向另一段人生；而蘇旅也不接受妳，打算離開，不再見妳。妳是一個孤兒，妳無法忍受再次被人拋棄，所以在他們離開之前，妳先殺死了他們。妳留著齊櫻的手鍊作為紀念，同樣地，妳也留下了蘇旅的頭顱，妳要讓他們永遠都陪著妳。」

「是他們不好！」徐遙的步步緊逼讓方碧失聲尖叫，「為什麼不是我！為什麼被領養的不是我！為什麼蘇旅出軌的不是我！我有什麼不好！我有什麼不好！為什麼他們不選擇我！是他們不好，是他們不好！」

方碧歇斯底里地大吼大叫，王俊麟連忙把她按住，而徐遙已經往後退去，轉身離開了偵訊室。

美麗的相貌固然是很多人所追求的，但是如果認為擁有了好看的皮囊就能擁有一切，那麼這個人不過也是被美色蠱惑的人之一。

即便那個人就是那副皮囊的主人。

第八案　霧鎖松林（上）

THE LAST CRY FOR HELP

農曆十二月二十五日，距離過年僅剩下五天，悅城警方發出了一通謀殺案的調查報告。被害人是悅城第二醫院的精神科主任王志高，凶手文某自首，並交代了其受女友方某指使而殺害王志高的詳細作案經過。據查，方某與王志高存在私人恩怨，謀畫多時，策畫此案。

而另一則故意殺人案，因犯罪人在作案時未滿十六周歲，不予公布。方碧雖認罪，但以行凶時精神狀態有異為由申請減刑輕判。負責作精神鑑定書的悅城二院遵循避嫌原則，不能進行此次鑑定，交由警察大學犯罪心理研究中心主任林森負責。

同時，悅城地方報上刊登了一則訃告，失蹤多時的本市畫家蘇旅證實死亡，其生前作品將於農曆二十八日在「旅人」畫廊作最後一次展出，然後全數捐予美術館；米炳舒上訴得直，撤銷強姦罪名，但非法處理屍體罪成立，判刑三年，刑滿出獄。

原悅城科學鑑證中心主任任芊芊被控非法處理屍體，捏造證據，誣告米炳舒，以及多項違規行為，均已認罪，數罪併罰，判處六年有期徒刑；其父親任君良大法官因健康原因，辭去法官一職，並不再擔任一切公職。

對於悅城永安區的警察們來說，這些都是後話，屬於他們的工作已經完成了，無論結果讓人多麼唏噓，他們都沒有時間停下來感嘆，只能繼續翻到下一頁。

「大家這段時間都辛苦了，尤其還是這次的案件，牽連這麼廣，時間橫跨這麼長，但大家都能從這千頭萬緒裡找到真相，你們真的太棒了！」張藍結束休假正式回歸，可以說是警員們唯一開心的事情，「因為一些個人原因，法醫室張紅主任需要休假一段時間，不過大家不用擔心，在這期間，悅城法醫學院的姚籽甯醫生將會調配到我們這裡暫駐，大家還是繼續照常工作。我呢，也會回來和你們並肩作戰。」

「隊長，那徐老師呢？」魏曉萌舉手問道，「徐老師還能擔任我們的顧問嗎？」

「……咱們第一線做事呢，得分輕重緩急，但也還是有程序要走的。徐遙作為熱心市民提供線索我們當然歡迎，但從今往後，我希望各位還是謹記自己的身分，不要依賴外人，記住你們自己才是警察！」

張藍這話說得重了，魏曉萌一愣，眨著眼睛應了句「是」，便低下頭去，也沒敢問第二個問題——「副隊長什麼時候回來」。

這次的案件牽連甚廣，而且還牽涉到王志高當年的心理實驗，無論任君良有沒有因為任芊芊而包庇方碧，造成米炳舒的冤案，在體制裡，大家都開始琢磨林森的話——如果我們的研究是為了服務某個機構，需要得到某個機構的認可才能作準，那麼科學就失去了它被稱為科學的意義，冤案也就由此而生。建立一個不必得到警察認可的犯罪心理小組，應該是給馬車多添一匹馬，而不是在馬車後加一輛小車，這樣，我們才能搶在犯人之前，到達正義的終點。

而反對這個做法的人，比如向千山，對此次永安區的行動表示了讚許，並「允許」帶隊的李秩「放假」一個星期，過一個好年——放假是好聽的說法，張藍是知道局長擔心李秩被人拿來對付那些反對林森的人，才會找個藉口讓他放假。那道三令五申的「禁止無編制人員參與案件調查」的命令，也是針對徐遙的——這次的目標太過明顯了，要說徐遙跟林森完全沒有關聯，恐怕很難讓人信服。

被勒令放假的李秩自然不會乖乖待在家裡，他買了一束花，來到城南公墓，拜祭他的母親郭曉敏。

「媽，對不起，最近很忙，都沒來看妳。」李秩把花插好，又打了一小盆水擦拭墓碑，連刻字的凹痕裡的灰塵也擦得乾乾淨淨，「我在局裡也適應過來、能幫上忙了，三個多月前，我還破獲了一個特別大的商業集團命案……」

李秩一邊清潔一邊碎碎念地說話，好像真的是在跟家人聊天一樣。他把遇到徐遙以後的遭遇都說了一遍，一來是他無法控制，二來也是想替自己重新理一理跟徐遙有關的事情。他不相信徐遙是林森的幫手，一直以來都只是在利用他，但是，這不代表他沒有被捲進什麼布局，達成了什麼自己也不知道的陰謀。他說著說著，說到自己都口渴了，才停下來歇了歇。

「……媽，還有一件事情我一直都不敢告訴妳，」李秩把溼手帕扭乾，「我，我其實喜歡男人……我是同性戀……我向爸說了，但是他不能接受，我害怕妳也不會接受。但是最近我發現了妳跟一個女人的照片，我現在搞不清楚到底妳是喜歡我爸呢，還是只是、只是迫於那個年代而做出的將就……我當然覺得不是後者，我清清楚楚記得妳多麼關心爸，總想著要給他做好吃的，我就是受妳影響才會覺得喜歡一個人就是要照顧好他吃飯……媽，我喜歡的那個人就是徐遙，他是徐峰教授的兒子，如果放在從前那我們也算是門當戶對是不是？不過他一直都被他父親的案件籠罩在陰影裡。就像我從來沒有放棄過要找出那個害死妳的癮君子一樣。他說他暫時不能考慮感情上的問題，我也不想逼他，但是我覺得我們的方向是一致的，我們一定會找到是什麼人在謀畫什麼，才會讓你們研究所的人一個接一個遭遇不測；等真相大白，我就會光明正大地追求他，無論如何我都不會放棄他的。媽媽，希望妳能保佑我，保佑我早日查出誰害死了妳，還有徐峰教授，拜託妳了。」

李秩一口氣把自己的心裡話都說給了郭曉敏聽，也不知道是不是心理作用，還真的覺得四周的景象都明媚了起來，連映入靈堂的陽光都更加和煦了，彷彿是來自母親的肯定。他長長地吐了口氣，提著小水桶離開靈堂，走進一片冬日的暖陽裡。

而在懷安監獄裡，徐遙又一次出現在會面室裡，這次坐在他對面的，是一身灰色刑服，長髮剪到了齊耳長度的任芊芊。

不過兩三天時間，徐遙已經差點認不出她來了，「任小姐，抱歉還來打擾妳，但是有一件事，我還是想要問個明白。」

任芊芊無力地抬起頭來，眼睛裡好像寫著「我說得還不夠明白嗎？」。

「方碧說，在妳給她的那個包裹裡，放著彩虹計畫的內部報告，她就是看到這個報告，懷疑當年王志高調查過齊櫻的死，所以才會想要對他下殺手的。」徐遙靠近了玻璃隔板，「我怎麼都想不明白，為什麼妳要給她這份報告？還有，妳是怎麼得到這份報告的？」

「什麼彩虹計畫的報告？我不知道啊。」任芊芊滿臉疑惑，過度悲傷的大腦這才開始運轉，想起了一些可疑之處，「那個包裹也是別人寄給我的……對了，是有一個人打電話給我，說蘇旅在他手上，要脅我幫他做一件事。一開始我以為是什麼詐騙電話，知道蘇旅失蹤了就拿這件事訛錢，但是後來方碧聯繫我，說那個石膏像不見了，我才知道那是真的。」

「等一下，妳的意思是，蘇旅的頭顱本來就在方碧那裡？」徐遙愣了一下，「米炳舒不是說他把蘇旅分散寄給不同的醫學機構了嗎？」

「頭的部分，方碧指定寄到了一個實驗室，那是她的養父退休前工作的地方……她真的是個惡魔。」

「所以是有人從方碧那裡把頭顱偷走了，用來威脅妳？」徐遙突然明白了過來，「那個人要脅妳參與到劉宇恆的案件中對不對？那天龔全忽然襲擊妳和警方，也是他讓妳做了些什麼事，對不對？」

「我真的不知道那個人是誰，他說話的聲音都是變聲的，而且電話號碼也是加密訊號，我試過讓人調查，但是什麼都查不到！」任芊芊的左手扼住了右手腕，「這又是誰……為什麼他會知道蘇旅的事情……天啊，我是不是又犯了什麼蠢？我是不是又害了什麼人？」

「任小姐，妳冷靜一點！我需要妳的說明！」徐遙略提高了音量，強迫她把注意力集中在他臉上，「看著我！沒關係的，我是什麼人？我是專家啊，我連方碧都能抓住，那個人也逃不掉的！」

聽到方碧被抓，任芊芊才稍微安定了下來，她盯著玻璃板後徐遙的眼睛，把手掌貼在了玻璃上，「我可以幫你做些什麼？」

「告訴我，那個人威脅妳做什麼？」徐遙回望向她，這時候，他就是她全部的希望所在，他代表著她仍然可以得到救贖的希望，他不能讓自己退縮，「一字不漏地告訴我，最好能形容一下他說話的語氣。」

「那個人用了變聲器，我真的聽不出是男是女，也聽不出來什麼語調，但他說話不疾不徐，好像很有把握，」

任芊芊這幾天遭受的心理打擊很大，她深呼吸了好幾口大氣，才逐漸回想起關於龔全的那通威脅電話。那時候，張紅還會關心地給她塗瘀傷藥膏，可是現在，張紅連來見她一面都不願意。

「他讓我戴上紅色的圍巾，到警局門口，要想辦法走到龔全面前，讓他聽見『奧美定害人』五個字，然後把圍巾扔到地上。」

「他就是聽到這五個字以後才忽然發狂襲擊人的……」徐遙回想起那日的片段，對了，龔全一開始目光呆滯，行動遲緩，分明是一副被人催眠了的模樣，而催眠他的人，把「奧美定害人」設計成讓他發狂襲擊人的關鍵字。而他襲擊人了，警察自然會還擊，趁亂把他殺死也是有可能的，甚至那人可能本來就設計好了，讓他攻擊警察後往門口逃跑，而羅美娟就在這個時候駕車趕到警局……

徐遙倒吸了一口冷氣。要是有另一通電話告訴她，在那個時候逃出去的人就是殺害她老公的人，這時候只要她全速撞過去，就能替老公報仇，而且不必背負刑事責任呢？

「徐老師，徐老師？」

「嗯，我知道了，我會重新開始調查的。妳放心，我不會放過那些明明看見了別人內心的脆弱，卻不施以援手，反而把別人當作牽線木偶的人。」徐遙點點頭，「妳也要堅強一些，人生還是很長的。」

「徐老師，張紅她還好嗎？」任芊芊的眼眶紅了，按著玻璃板的手也在發抖。

「她需要休息一段時間，我也不知道她在哪裡做什麼，但是我相信她能恢復過來，畢竟，她已經把旅人畫廊賣了。」

「……哦，她終於，終於走出來了。」任芊芊垂下頭，桌面上落了兩滴淚，「徐老師，你說我到底是做錯了哪一步，才會淪落到今天這個地步？」

「是哪一步重要嗎？」徐遙伸出手指，在玻璃上畫了一個躺下的8字符號，「重要的是以後的每一步。」

那是數學上「無窮」的符號。

任芊芊把另一隻手也按了上去，兩手收緊，好像是要把這個「無窮」握進掌心裡。

徐遙笑笑，起身離開了——他有更要緊的地方得去。

而那位故人也一定在等他到訪吧？

「是，劉廳長說得沒錯，找個時間我們可以坐下細談……」年廿八，洗邋遢，按照習俗，這天該要對家裡大掃除，林森卻是忙碌得很，這天也一直應酬到了下午五六點才到家，連上樓梯的空閒也一邊打著電話，似乎有些事情的進展是連過年都阻擋不了的。

「好的，也麻煩高部長了，我們回頭再聊。」林森剛剛轉進自己所住的那一層樓走廊，便看見一個清冷的身影等在他家門外。

他喜出望外，匆匆掛了電話便迎上去，「徐遙！怎麼過來也不先給我打個電話？」

「森哥，」徐遙已經等了一段時間，但他分不出來在喊出「森哥」時他嘴唇的發抖到底是因為寒冷還是別的原因，「我有事找你……」

「進屋再說吧，你看你凍的！」林森走近了才發現徐遙的臉色蒼白，嘴唇都凍青了，他連忙開了門，馬上倒了杯熱水給他，「來，趕緊暖暖身體。」

「……謝謝。」暖意從指尖蔓延開來，徐遙有一剎那的心軟。

他想自己會不會太多疑了，要是這一切都是林森的計畫，那他也把自己擺在了一個太明顯太容易成為眾矢之的位置上了，會不會還有什麼人是他忽略了的呢，那個人手握更大的權力，把所有人都當作了棋子？

「森哥，不是要過年了嗎，怎麼你還這麼忙？」

「唉，這不是老高走了嗎，上面都很緊張，想要重新找個人來撐起精神鑑定這一塊。你也知道，我一向都想實現你父親的心願，雖然這麼說對不起老高，但這也是一個促成建立心理研究行動組的契機。我已經跟幾位要員商量過了，透過近期的一些案件，他們都意識到了，有些人的犯罪動機不在外物，而在內心。」

滔滔不絕地說話不太像林森平日的風格，可以看出來他真的取得了很大的實質進展，滿心抑壓不了的歡喜。

「徐遙，上次聊過的話題，你考慮得怎麼樣了？」

「嗯？」徐遙一愣，「什麼話題？」

「上次你不是拿著一張當年精神研究所成員的合照來詢問我過去的事情嗎？」

林森這一提醒，他才想起了，那還是他剛好聽見王志高和林森吵架的時候，接著王志高就死了，他根本無暇思考。

林森看他一臉茫然，便知道他根本沒有考慮過，他不太高興地搖了搖頭，「你看，如果只是根據樸素的個人正義去行動，缺少精神科學的指揮，就會像你這樣，整天都忙，卻什麼都得不到！我看你還是早點過來幫我吧，只有一群跟你有著同樣智慧和學識的同事，才能讓你的個人優勢得到更大的發展，跟那些得解釋半天的第一線人員混在一起，早晚會埋沒你的。」

「森哥，我就是想來問你一個第一線人員才能接觸到的問題。」徐遙撇開了這個話題，「在精神以前，更重要的還有物質，我想要問你一個有關證物的問題。」

「什麼證物？」

「彩虹計畫的內部報告書，」徐遙深呼吸一口氣，他知道這個問題問出口，這層紗窗便捅破了，他們之間再也不能假裝友好故交，兄友弟恭了，「任芊芊根本不知道這是個心理實驗，她更不可能得到這個報告。當年這個心理計畫的設計者，雖然主要是王志高，但是他需要透過畫家的協助來達到研究目的。兩個參與其中的畫家，顧容和蘇旅，我問過顧容了，他說是你介紹他們給王志高的，也就是說你也知道彩虹計畫。」

林森背靠沙發，一條腿搭在另一條腿上，一手扣在膝蓋上，半皺著眉頭，好像很是困惑，「我是知道這個計畫，但我和老高是多年好友跟同學，他來諮詢我的意見也很正常吧。但我沒有真正參與，也就介紹了兩個畫家給他而已，我更沒有見過什麼內部報告……徐遙，這個內部報告很重要嗎？為什麼現在才問？」

「你可以說它重要，也可以說它不重要；說它不重要，因為它是一個失敗的心理實驗，但是它卻也很重要，因為透過它，你可以掃除兩個阻撓你建立心理研究行動組的障礙！」

徐遙「啪」地把茶杯擱到茶几上，他緊緊地盯著林森的眼睛，生怕遺漏一絲心虛的遲疑。

「你曾經說過劉宇恆是個雜牌軍，他毫無建樹卻一直認為自己可以在犯罪心理學的領域裡大有作為。為什麼他這麼自信？既然他沒有學術能力，那就只能是他捉到了一個人的把柄，而這個人不僅可以讓他勒索學術成果，還能幫助他成為這門科學的領導者。

「可是那個人既然那麼熟悉精神科學，自然可以透過深度催眠控制劉宇恆，加上龔全的整形，半年多的時間，足夠讓劉宇恆變成另一個人，也就是那個普通的農民羅嘉盛了；可是催眠的效果會隨著時間逐漸減弱，直到他偶然去到了蘇旅的畫廊，被喚起了記憶，他便開始找龔全和那個人報復，於是那個人煽動已經在鳳城功成名就的龔全，教唆龔全殺死劉宇恆；之後，唯一知道那個人真面目的龔全，在被逮捕後忽然襲擊任芊芊，拒捕逃走，被羅美娟撞死了。

「任芊芊跟我說，那是因為有人打電話給她，讓她在龔全面前說出特定的語句才引起龔全的異常的。我追問那是什麼樣的威脅，可巧了，那人拿走了包裹著蘇旅頭顱的石膏像，而那個石膏像後來寄回去給方碧了，包裹裡同時還有那份彩虹計畫的報告。那份報告最終到了方碧的手裡，讓她產生了殺死王志高的念頭。一串的殺人案件就這樣連成一串。不懂裝懂的劉宇恆和反對你的王志高都死了。所以，你說這份內部報告重要嗎？」

徐遙像是在說一個偵探故事的大綱，語氣抑揚頓挫，引入入勝，若不是他在說話的同時以一雙獵犬一樣警惕的眼睛審視著林森，可能林森還會鼓個掌，說聲真是精彩，「徐遙，所以你是在懷疑我？你覺得是我安排了這一切？」

「我也不想懷疑你，但是一切都那麼明顯，最大的既得利益者就是你！」徐遙幾乎壓抑不住想吼出來的激動，「如果不是你，你就跟我合作，我們一起找出那個幕後黑手！那個人一定跟我父親的死有關係！」

「不要提你父親！我所做的一切都是為了你父親！」林森卻厲聲蓋過了徐遙，他向來和藹可親、笑得彎長的眼睛此時瞪圓了，駁斥著徐遙的指責，「我從十八歲開始跟著徐峰老師做研究，我跟了他這麼多年！你怎麼會懂得我對他的感情？」

「但是父親的想法不是那樣的，他不會希望你不擇手段……」

「我再怎麼不擇手段也輪不到你來評判！」林森的呼吸急促了起來，他緊咬著腮幫子，他在勉力控制自己，堵住那一旦說出口就無法挽回的真相，「我跟你說了，真相交給我來查！等我成了行動小組，我就會有最專業的人才設備和資金去找出真相！你不需要插手！」

「那真相就在我腦子裡！你為什麼捨近求遠?!」徐遙驀然瞪大了眼睛，「你是不是知道些什麼？你是不是隱瞞了什麼？」

「……徐遙，你相信森哥，我做的一切都是為了保護徐老師，還有你……」

「我不需要保護，我需要真相！」徐遙猛撲過去捉住林森的手臂，他圓睜的眼睛裡一半是期待一半是恐懼，「你都知道些什麼？」

「在能夠找到可以解釋這一切的原因之前，你什麼都不應該知道！」林森想掙開徐遙，卻被他緊抓著，他有點不耐煩了，「徐遙！」

「……是我嗎？」徐遙眼中的恐懼逐漸溢過了希望，他牙關打顫，「你看到了嗎？你看到了，是我殺死我爸的嗎？」

「徐遙，一定不是你！」林森反手捉住徐遙的肩膀搖晃道，「一定是有什麼東西，磁場，或者集體臆想，才會讓你做出這種事！一定不是你自己的意思！」

「你看到了？你真的看見了?!」徐遙幾乎是吼叫起來的，「你看見了什麼？」

「徐遙，不是你拿起刀你就是凶手，你一定是被什麼控制了……」

「不，不是，不可能！」徐遙突然又推開了林森，他現在覺得林森滿口謊言，他一定還隱瞞了什麼重要的資訊，「如果是我，你為什麼不阻止我？我才十五歲，你一定有能力阻止我的！」

「我到的時候已經晚了！」林森悲慟地按住頭，他緩緩地搖著頭，好像也不願意相信，「我到民宿的時候，你已經，已經把他殺了，我看見你把刀從他身體裡抽出來，我怎麼喊你你都沒有反應，我只能離開！」

「不對，不對！你說的沒有道理，不合邏輯！」徐遙用力地甩著頭，從頸脖到額頭，頭部的筋脈一根根地跳，好痛，好痛，「你真看見了為什麼不作證！你為什麼不報警！你為什麼……」

「我這是在保護你！我做的一切都是為了保護你！」林森的眼睛泛紅，流下了眼淚，「就算你殺了徐老師，但是我還是要保護你，因為你是他唯一的兒子……我一定要治好你，我一定要讓徐老師的心願成真，我不能讓你成為一個殺人犯，更不能讓徐老師變成一個心理變態的父親，這是對他畢生追求的事業的侮辱！我不能讓這一切發生！」

「不可能！不可能是我！不是我，不是我！」徐遙一直往後倒退，直到靠在了牆壁上，他強迫自己冷靜，強迫自己思考，「不可能，我沒有理由這樣做，我沒有任何理由這麼樣！」

「所以我說一定是有別的東西！徐遙，你不要害怕，我們一定會找到這個真正的原因的！」林森快步衝了過來，他一把捧著徐遙的頭，兩眼發出的亮光，好像巴不得能透視他的腦髓，挖出深藏其中的病灶一樣，「但是不能讓別人知道！不能讓別人知道徐峰老師是被他兒子殺死的這種諷刺的事情！」

「我沒有！」

徐遙尖叫著推開了林森，力氣之大直把他推得跌倒在地上，他猶豫了一下要不要扶林森，但他看見了林森那灼然的目光，彷彿誘捕獵物的獵人，一陣寒意從他脊梁骨直衝頭頂，他轉身就跑，沒命似地逃了出去。

他終於知道林森一直以來給他的矛盾感在於哪裡了。

那矛盾在於林森其實一點也不疼愛他，林森對他的好，只是因為他是徐峰的兒子；林森對他的袒護，也只是為了讓他不要受到刺激，不要想起他犯下的惡行，讓他父親的名聲蒙上汙垢；林森對他說著信任，只是想讓他自願參加到他的研究裡，好讓林森找到那躲藏在他精神世界裡的，真正殺死敬愛的老師的惡魔。

林森不相信他，也不愛他；他恨他。

徐遙恢復意識時，才發現自己已經跑出了一身的汗，他蜷縮在一個冷巷的角落裡，發出了聲聲困獸般的嘶吼，痛徹心肺。

李秩為母親掃完墓，便回程往市中心，以往年關將近的時節他必定是忙得腳不著地，就算沒有重大刑事案件，但醉酒打架，酒駕碰撞，甚至煙火爆竹造成的火災，不大不小的案件總是能把他們的日程塞滿，回過神來便已經是新一年。但今年他查了王志高這個案子，還間接讓任君良下了臺，向千山勒令他放假休整，反而讓他在這最忙的時候，成了局裡最閒的人。

如今他這個閒人竟有些不知該往何處走了，別人放假是回家陪伴親人，但他跟李泓的關係並沒有因為查到了郭曉敏那張和同性親吻的照片而有所緩和——癥結是知道了，但是李秩反而更心寒，是不是當初母親還活著，那被打得進醫院的人就是母親呢？

李秩在知道了這件事後，莫名的憤恨少了，畢竟那是父母之間的感情問題，他不過是當了一回出氣筒，但是他卻多了些明白的幽怨——他從頭到尾也不過是一個出氣筒罷了。

可是，母親真的如父親所懷疑的那樣，欺騙了他那麼多年的感情嗎？

李秩想起了那幾張照片，前幾天一直忙著王志高和蘇旅的案件，波叔偷拍的那幾張照片就一直放在副駕駛座的抽屜裡，也沒時間深究。他把它們翻了出來，仔細看了看，這連續的幾張照片可以構成一個類似動態的過程，但他不知道這個親吻的過程能夠說明些什麼。

也許徐遙能幫他看看——之前徐遙也看過，但他沒有對此作什麼評價，大概是不想議論他的母親，如果是他親自提出要求，那麼他應該也會說出一些分析的吧。反正他也和我一樣，只能一個人守著一個空蕩蕩的家，還不如我去給他做個伴吧，也當過年慶祝了。

李秩的思維越發擴散，已經給「去找徐遙」這個想法列出了一份長長的理由清單了，直到他說服自己去找徐遙是一個百利而無一害的做法以後，他便興致勃勃地掏出手機來打電話給他，懇請主人給他一個「准奏」。

但電話響了好久直到自動掛斷都沒有人接，他詫異地想要再打一次時，反而王俊麟的電話打了進來，「王哥？怎麼了，局裡有事？」

「副隊長，局裡沒事，你不用擔心，不過這邊有個事情得麻煩你過來處理一下。」王俊麟那邊還隱約傳來了警察查夜場時那種獨特的聲音——客人的埋怨，店家的周旋，警察的斥喝，「你知道悅樂酒吧嗎？」

「小蘭桂坊的那家嗎，記得，負責人不是仗著上面有人挺拽的嗎？」在悅城有一條酒吧街，號稱小蘭桂坊，無論是休閒酒吧，夜店還是gay吧，一應俱全，「怎麼，他們鬧什麼事了？」

「沒鬧事，是被人檢舉了，檢舉的內容正在查，但是有一件事情，或者說有個人得麻煩你過來一下。」王俊麟說著，就被人箍著了脖子，使勁往他嘴裡灌酒，「哎哎，徐老師你先歇著，副隊長這就來……」

「喝酒！李秩來了一起喝！你先喝！」

「徐遙?!」李秩震驚得大喊了一聲，徐遙說過他是不喝酒的，但是聽那邊的動靜，徐遙不只去了酒吧，而且還醉得不輕，「發生什麼事了？」

王俊麟叫了個人把徐遙按著，才向李秩求救，「我哪知道！你都聽見了啊，趕緊過來啊！」

「我馬上到！」

李秩踩足油門飛快來到了悅樂酒吧，場子裡的人被分成兩撥一個個查問中，只有徐遙一個人趴在沙發座上，拿著一個空酒瓶說胡話，李秩向同事們揮揮手，便衝過去把他扶起，「徐遙！」

「李秩……你真的來了！」徐遙的眼鏡都滑到了鼻梁上，他亂抹了自己的臉一下才把眼鏡扶好，瞇著一雙迷濛的眼睛，笑嘻嘻地捏李秩的臉，「來了就好，來，陪我喝酒！酒，酒呢！服務生！再來一瓶威士忌！」

「你喝醉了，我送你回去吧！」李秩雖然在對付徐遙方面頗有經驗，但醉酒那是他從來沒經歷過的，也不知道他喝醉了這麼能鬧，他只能把他雙手反剪鎖在懷裡，半拉半抱地把他揪起來，「對不起，借過一下……」

「哎，副隊長你慢點……路上小心啊！」

王俊麟幫著李秩把徐遙送上車，李秩用安全帶把他綑牢了，才開車把他送回去，但想到徐遙家在七樓，要把他背上去還真不是件容易的事情，他只好把車開到自己家，先讓他醒酒再打算。

但徐遙卻不想醒酒，他一路上就已經手爬腳蹬地抓安全帶，不停嚷嚷要喝酒。李秩好不容易把車安全駛到家中，徐遙便扒了安全帶，跌跌撞撞地往車外跑，嘴裡還喊著要去買酒。李秩不得不一把箍著他的腿腳，扛麻袋似地把他扛到肩上，飛快往家門跑——他知道這樣一顛簸，酒醉的人肯定得吐。

果不其然，李秩剛開門，徐遙便捂著嘴巴直往裡衝，嗚哇一下吐了一地，李秩等他吐過一輪，才扶著他到洗手間去，任他扶著馬桶又吐了一輪，直吐得他胃痛如絞，苦水泗流，他才倒了水給他漱口，順著他的背問道，「漱漱口吧……好點了嗎？」

徐遙被自己的嘔吐物嗆得一直咳嗽，狼狽地接過水杯漱口，剛吐乾淨了嘴裡的酸苦，便有一雙手去摘他的眼鏡，他本能地往後縮，後腦勺卻被按住了，一條溫暖的溼毛巾抹到了臉上，「擦一下臉吧，舒服點了嗎？」

「……」伸手不打笑臉人，被這麼溫言好語地服侍著，徐遙一下也說不出話了。

他愣愣地讓李秩摘下他的眼鏡，在一片模糊的視野裡，李秩只有一個大致的輪廓，但是那溫暖的毛巾帶來的舒適卻是真實的，他不自覺揚了揚下巴，李秩便順勢也擦了一把他的脖子。

徐遙享受著這細心服務，輕聲呢喃，「你真好……」

「嗯？」李秩按了馬桶沖水，把略涼了的毛巾拿開，捉住徐遙的手臂把他拉起來，「你先去睡一會，我收拾……徐遙？」

徐遙借著李秩拉他起來的力量往前一撲，整個人倒在他懷裡。

他眦著眼睛抬頭，忽然笑了起來，「你真好，你什麼都不用我做，你真好……」

李秩哭笑不得，「是是是，我天生就該服侍你，你就等著我伺候好了……你站好……」

「你什麼都不用我改……你就只要這樣的我……」

徐遙還是笑，但李秩卻從那斷斷續續的笑聲中聽出了傷感和悵然，他扶他站穩，皺眉問道，「你怎麼了？為什麼喝那麼多酒？」

我為什麼喝那麼多酒？徐遙掀了掀眼皮，李秩的臉近在咫尺，總算清晰了起來。

他深深地嘆了口氣，沒什麼力氣的手搭在他的臉上，拇指滑過他的眼睛和鼻梁，落到他那還在說著天真幼稚的話的薄唇上。

「李秩啊，你怎麼這麼幼稚，人喝酒還能為什麼啊？不是助興，就是消愁，我這個樣子，難道還能有什麼好事能落到我頭上嗎？」徐遙抹著李秩的唇，盯著他呵呵笑道，「除了你，哈哈，除了你這個腦殘粉……」

「……你先睡一會吧。」

李秩感覺是發生了什麼大事，大概和徐遙的父親有關，但現在他醉醺醺的也問不出什麼。李秩挾著他往外走，徐遙卻用力一推，把他抵在了洗手臺上，鼻尖湊到了他唇上，黏糊糊地說了句「還有你」，便一腦袋砸下來，把嘴唇磕到了他嘴巴上。

李秩腦子裡轟地炸了一個響雷，他拚命說服自己這並不是一個真正的吻，只是類似落水的人抓住浮木的一個動作。但是徐遙的唇真真切切地貼著他摩挲，他渾濁溼熱的鼻息親密無間地呼在臉上，環在他脖子上的雙手抓得那樣緊，好像生怕他離開……李秩的喉結滾動，嘴角剛剛張開，徐遙的舌也捲了進來，像掉進了海裡的蛇，死也要捲住一隻路過的陸龜一起沉下去。

李秩一把摟住徐遙的腰把他反壓了下去，徐遙不但沒有反抗，還收緊了手。他一手攬著李秩的頭，一手便往下探去，拉扯他的皮帶。

敏感位置被觸碰到時，李秩才徹底驚醒過來，他瞪大眼睛想推開徐遙，但對方卻毫不領情，仍然往他身上貼。李秩急了，管不了太多，把他的頭按到洗手臺裡，一撥水龍頭，沖了他一頭冷水。

名符其實的潑冷水讓徐遙驚叫了起來，他掙扎著要起身，李秩不管，直到把他淋得那頭半長捲髮都溼透了，才鬆開了手。

徐遙重獲自由便馬上轉身揪著李秩怒吼，「你神經病啊！」

「你清醒了沒有！」李秩卻一巴掌拍在他臉上，「有什麼大不了的事情值得你這麼糟蹋自己?!」

這一盆冷水加一巴掌的醒酒方法有點效果，徐遙愣了一會，下意識就去摸眼鏡。李秩撿起從洗手臺上掃到了地上的圓框眼鏡，遞到他手裡。徐遙快速戴上眼鏡，彷彿是重新穿上了保護自己的鎧甲，夾雜著疲倦的安心讓他徹底脫力，他滑坐到地上，抱著膝蓋沉默。

李秩蹲下身去，等他平復心情，可等了又等，徐遙還是沒有任何反應，他試探著喊了兩聲，沒回覆。他伸出一根手指戳了戳他那亂蓬蓬溼漉漉的頭髮，徐遙竟整個人歪了下去，李秩連忙伸手去接，這才發現他居然睡著了！

「什麼啊……」

李秩哭笑不得，艱難地把只比他矮幾公分的徐遙背到臥室，艱難地把他身上的溼衣服換下，艱難地幫他穿上乾爽的衣服，又艱難地幫他把頭髮吹乾了，才終於能把他那顆腦袋往枕頭上一放，被子一蓋，安穩地讓他睡個覺了。

大冷天的，李秩累了個汗流浹背，靠著床腳在地上坐著歇息。客廳還要清潔呢，這徐遙啊，還真是從認識他開始，李秩就只有服侍他的命。

李秩摸了摸嘴，罷了，就算是酬勞吧？

「李秩……」

大半張臉都窩在了被子裡的徐遙忽然發出一聲呢喃，李秩連爬帶滾地跑到床頭去，想看看他又出什麼事了。但他跪在床頭看了一會，發現徐遙只是說夢話。

李秩不知怎麼地就想起以前那條總是在學校門口徘徊的流浪狗，牠脖子上有頸圈，應該是有人養的，但是那麼多天也沒人來領牠，很明顯是被遺棄了。保全說那是一個搬走了的老師以前養的狗，把牠扔了好遠，沒想到牠還是回來了。

徐遙是不是也是這樣呢？明明已經被放逐到了太平洋彼岸，可以不管這裡到底發生過什麼，但無論路途多麼遙遠，即使有可能再次受傷，他也還是回來了。歷經艱險地回來了。

但他要找的人，是不是還在這裡呢？

「難怪長了一雙狗狗眼……」

李秩自言自語著，低頭親了親他顫動的眼皮。

徐遙做了個很累的夢。

夢中，他一直在一片充滿迷霧的樹林裡奔跑，四周分明寂靜無聲，可是他就是知道那伸手不見五指的黑暗裡有什麼東西在緊緊追著他。而他的前方，除了外牆刷著海軍條紋圖案的房子，別無容身之所，於是他用盡全力往那裡跑。但無論他怎麼跑，那房子總是離他很遠很遠，卻又一直亮著燈，吸引著他過去。

徐遙滿身大汗，很想停下來休息，但是他又隱約感覺到，要是停下來了，那隱藏在黑暗裡的東西就會撲過來。他很害怕，要是那是一隻老虎或者獅子，他就屍骨無存了……

腳底下的路越發難行，地下沁出了潮溼的水汽，成片的泥沼讓他腳步打滑，好幾次差點滑倒。而四周的樹木更是越來越茂密，樹木間距越來越小，他艱難穿行，身後傳來了一陣溼漉漉的像是蒸汽一樣的味道。他渾身的雞皮疙瘩都起來了，這是什麼怪物，怎麼會有水生動物的氣息，卻在樹林裡追捕他？

山路越來越泥濘，阻攔的松木也越來越多，他只顧留意腳下，沒想到橫空冒出一段樹枝打在他臉上。他吃痛倒地，那蟄伏的威脅猛地衝了上來，徐遙大驚，反射性舉起手來擋住頭臉！

……嗯？

預想中的撕咬沒有出現，他碰到一個毛茸茸的東西。他睜開眼睛，眼前是一隻哈哈吐著大氣的邊境牧羊犬，牠撲到他懷裡，吧嗒吧嗒地舔他的臉。

徐遙噗哧一下笑了出聲，這一笑，倒是把自己笑醒了。他感覺身體一沉，從這個疲累的夢中回到了現實。

第一反應便是伸手去摸床頭櫃上的眼鏡，可是床頭櫃的位置卻不同了，從左邊變成了右邊，徐遙一愣，爬了起來，看見的卻是一個陌生的房間。

這是哪裡?!

徐遙詫異極了，他看了看自己身上同樣陌生的睡衣，皺起了眉頭。他記得自己因為林森的話而無比混亂，試圖用酒精麻醉自己。這個境況怎麼看都應該屬於自己喝到斷片了，於是被有心人帶回家占便宜了的下場，但是他的身體卻沒有對應的生理反應。難道那是一個好心人，把喝醉的他帶回家照顧，梳洗乾淨換好睡衣，然後還悄悄離去不留下隻言片語？

等等，他好像真的認識這麼一個好心人……徐遙掀開被子跳下床，光著腳跑到房間外——這是個單身公寓，除了房間、浴室，便是一個帶有開放式廚房的客廳——他一眼便看見了一個高個子的男人背對著他在爐臺前弄著什麼，鍋裡冒出的蒸汽，大概就是他夢中感覺有水蒸氣味道的原因。

「你怎麼把我帶到這裡了啊？」

「欸?!」

徐遙忽然開口說話，把專心做飯的李秩嚇了一跳。他轉過身來，看見徐遙的著裝就皺眉了。

「你怎麼不穿鞋？也不披件外套？我不是把衣服放在床尾了嗎？」

徐遙聳肩，「沒看見。」

「唉……」李秩無奈，快速跑進臥室把毛拖鞋和外套拿來給他，「雖然是室內，但不注意的話還是會著涼的。」

「你還沒回答我。」毛拖鞋是李秩的尺碼，比徐遙大一碼。徐遙把腳窩進去，拉了拉外套，「你怎麼把我帶回家了？」

「那得問你為什麼喝醉成那個樣子了。」李秩還是有點心虛，他借著舀粥的空檔偷偷瞄徐遙。後者歪頭皺著眉，慣常地睇著眼睛一臉欠揍地打量他。

他就知道他應該已經完全不記得他喝醉了以後發生的事了——包括那個讓他措手不及的吻，「先吃早餐吧，你吐得好厲害，現在應該餓了吧？」

「嗯……」徐遙倒很聽話地坐下了，他乖乖地拿起湯匙吃粥。

李秩在他對面坐下，一陣水蒸氣升騰，他摘掉眼鏡，眯著眼睛伸長脖子，彎著嘴角笑道，「高斯模糊加柔光濾鏡，李警官顯得越發帥氣了。」

李秩被他逗笑了，「承蒙徐老師誇獎，怎麼比得上徐老師盛世美顏？」

「比得上啊，」徐遙吞下一口熱粥，抓住李秩放在桌面上的手腕，「不然怎麼我送上門了你還把我推開呢？」

李秩愣住了。他以為徐遙不會記得，哪怕記得，也該裝作不記得躲過這誤會一場，沒想到他居然先提起這話題來。

李秩心頭不禁生起深沉的要被發好人卡了的預感，「徐遙，我只是覺得你當時不清醒，我不能乘人之危……」

「謝謝你。」徐遙卻道，「謝謝你沒有把我唯一的救生圈毀掉。」

「嗯？」李秩不解，他的左腕還被徐遙握著，那是一個實在的抓握，他不敢抽離，也不敢回應，他只能安靜地聽他說，直到他覺得安心。

「昨天林森跟我說，當年他其實去過案發現場，而且他還看見了我拿刀子捅我的父親。」徐遙垂著眼，沒有鏡片的遮擋，李秩清楚地看見他搧動的睫毛和濕潤的眼角，「但是我父親的死因報告裡沒有說他受過刀傷。我知道他說的不是真的，但是為什麼他那麼篤定呢？他跟我說的時候，神情非常認真，我覺得這其中一定有什麼矛盾，可是我怎麼都想不明白。

「加上他對我的懷疑，讓我感覺這個世界上原來沒有任何人相信我是清白的，原來大家都是用看凶手的目光看我的。甚至是我的母親，儘管她愛我，但是我知道她很怕我，所以她才會極力反對我在美國當警察，讓我留在學校裡教書……」

李秩輕輕地轉動手腕，把掌心轉向朝上，輕柔地把手指搭在徐遙的手腕上，「嗯。」

「我就像是一個快被凍死的人，但是如果現在直接把我扔進火裡烤，我也會死的。」

徐遙第一次感覺自己的表達能力那麼差，他很想讓李秩知道，雖然現在他不能全心全意地接納李秩，但是李秩在他心中也是有分量的。

「我需要一床被子，慢慢地讓我溫暖起來……如果你昨天給我燒一團火，我就完了……所以我，我要謝謝你，謝謝你沒有把我唯一的退路堵死了，儘管我那麼自私……」

「我不是說了嗎？我就是伺候你的命。」李秩覺得很熱，手心熱，胸口熱，頭腦也熱，他覺得自己才真的是被扔進火裡了。

他用力眨著眼睛，懷疑自己已經滿頭大汗了，卻一動也不敢動，只能口乾舌燥、面紅耳赤地僵坐著。

「你要什麼，我就給你什麼……你要被子我就是被子，你要烤火我就是火……我、我沒問題的，我什麼都可以！我只想，只想能一直陪著你！」

「哦？」徐遙歪了歪頭，彎起嘴角來，「那陪著我，看著我跟其他人在一起也行？」

李秩滿身的火都被潑滅了，連聲音都哽住了，好一會才支吾道，「如果那個人真的，真的那麼好……」

「你聖父病啊？」徐遙皺眉，他收回手去，把眼鏡戴上，「那人再好也不行。」

「哈啊？」

「那人再好，你也得比他更好，把我贏回去。」戴回了眼鏡的徐遙又成了那個渾身閃耀著智慧之光的形象，他彎曲食指，敲了敲李秩的額頭，「聽到沒有？」

「……」敲在額上的那一下並不重，但卻像什麼暗器一樣，李秩整個人從椅子上跌了下去，摔倒在地上。

徐遙一驚，趕忙過去扶他，但一看見他那傻愣愣的模樣，又忍不住噗哧發笑。

現在的時間是早上九點多，初春的太陽依舊姍姍來遲，只有薄弱的白光透進來。徐遙站在這瑩瑩微光之中，笑得眉眼彎彎，總是皺著的眉頭舒展開來，抖落了滿身的倦意，像未曾經歷過傷痛的人，像一個他從來沒見過的人，像一個他希望永遠如此的人。

李秩單手撐地，嗖地起身，把徐遙擁進了懷裡。

徐遙的笑凝住了，他舒了一口氣，把頭靠在李秩肩上。

兩人無言地依偎一陣，徐遙說了聲餓，李秩便把他放開了。兩人面對面地坐著吃早餐，該喝粥喝粥，該吃包子吃包子，好像什麼都沒有發生過一樣。但他們都對這樣的狀態甘之如飴。

吃完早餐，李秩才把自己昨天想找徐遙的目的說明了。他把那幾張照片鋪到桌面上，讓徐遙觀察。

「那個李小敏的失蹤案件你也看過，這應該就是李小敏的同性愛人，可還是不清楚她的身分。另外，她怎麼會跟我媽媽在一起呢？我問過我媽生前的同事和朋友，都沒有人認識她。」

徐遙仔細觀察著照片中那兩人的姿態，他抹了抹下唇，沉吟道，「照片是關於祕密的祕密，它揭示得越多，你知道的就越少。」

「什麼？」李秩聽不懂了，「這話什麼意思？」

「一個出色的女攝影師說的，她叫黛安·阿勃絲。」徐遙掠過了這位執著於拍攝讓人恐懼的主題的攝影師簡介，「簡單來說，就是眼見不一定為實。」

「你看出什麼來了嗎？」李秩眼神一亮，「我媽是不是被脅迫了？是不是被逼這麼做的？」

「如果一個人處於被威逼的狀態，她不是很憤怒，就是很害怕。你母親的肢體語言沒有表達出情緒。」

徐遙說著，拉著李秩站起來，模擬照片中兩人的姿勢，「如果是憤怒，人的肌肉會繃緊，手會做出一些發力的姿勢，比如握著拳頭或者抓著什麼；如果是害怕，則會手腳內斂，微微駝背，把自己藏起來。你媽媽並沒有做出這些動作。」

李秩動了動手腳做了幾個姿勢，確實如此，「那你是說，我媽媽是真的願意和她……」

「那倒不一定。」徐遙指了指三張照片中郭曉敏的腰部以及前臂的位置，「你看，從按時間先後排序，是不是可以看出你媽媽有一個輕微的後退，以及抬起手抵住對方的動作？」

「有嗎？」三張照片太少了，動作也很輕微，李秩也說不上是不是。

「你試試看嘛！」

徐遙和李秩面對面站著，他一下摟住李秩的腰把他拉過來，李秩一驚，脊背都僵直了，「幹嘛?!」

「……如果進入你親密範圍的是你願意親近的人，你會無意識地挺腰，好讓對方能更親密地接觸你。」徐遙拍了拍李秩的後腰，後者滿臉通紅——徐遙不說，李秩都沒發現自己跟對方的下身貼在了一起——但徐遙一點也不尷尬，「這是我們的動物性本能決定的，沒必要害羞。

「而你媽媽始終保持著距離，並且還抬起了手，不管是推開還是抵擋，都是一個不情願的標誌。我猜測，這是那個女人出其不意地親過去，所以你媽媽沒有憤怒也沒有害怕，只是吃驚，然後下意識地拒絕。而這個下意識就說明了那個女人不是你媽媽認可的親密範圍內的人。」

「那，那就是這個女人單方面喜歡我媽了！」儘管李秩一直都相信母親沒有欺騙父親，但聽到徐遙的贊同時，他才真正舒了口氣，「我就說！我媽不可能欺騙我爸！」

「……李泓就因為這照片所以把你打成那樣？」徐遙驚訝道，「所以他是遷怒你？」

「大概是他也一直懷疑母親欺騙他的感情，然後我也是同性戀，就讓他更加確信我母親就是同性戀吧？」李秩嘆口氣，把照片收起來，「我爸這人，只要認定了一件事，就不管怎麼解釋他都不會聽的……」

「你聽說過逆火效應嗎？」徐遙輕輕拍了拍他的肩膀，「這個心理現象是說，當一個人抱有一個錯誤的觀點時，如果有人糾正他，他不但不會改正，反而會更加相信自己的觀點才是真相。就像一把逆火的槍，明明證據應該像子彈一樣擊倒謠言，卻非但沒有達到效果，反而讓開槍的人、也就是真相受傷。」

「你是想說，跟自己觀念不同的人，本來就不存在溝通的可能性？」李秩疑惑道，「但是證據確鑿的話……」

「頑固的人，會認為越是確鑿的證據越證明對方早有布局，不然不會有這麼多的證據。當然，我說的是極端頑固的人，大部分人還是會在證據前改變想法的，只是礙於面子，也不能大聲地詆毀從前自己相信的資訊。於是逆火效應便會讓人越來越相信自己的觀點才是真相，才是理所當然，不管到底有多少反證的證據和道理。」徐遙揉了揉李秩的肩膀，「原理我告訴你了，能不能看開一點，就看自己了。」

李秩轉過頭去看著他，「你連安慰人的時候都是這麼講求邏輯的嗎？」

徐遙略扁了扁嘴唇，「平常的安慰話你肯定都知道，那也就沒必要講了，還不如講點你不知道的吧？就算心情不會好起來，起碼學到了新知識，不也挺好嗎？」

「噗！」李秩忍不住笑了，他大著膽子捉住徐遙的手臂，把頭靠到他的肩膀上，「其實還可以什麼都不講，就只是讓對方靠一下的。」

「……你這個方法適合使用的受眾太少，不宜推廣。」徐遙抿了抿嘴，強行把正要上翹的嘴角壓回去。

他也沒推開李秩，就這麼讓他靠著，抓起放在沙發扶手上的遙控器，打開電視隨便挑了個重播的音樂節目看。

吃了一頓飽暖的早飯，沒有罪案等著處理，衝破寒雲灑進窗戶的陽光照在茶几和沙發之間的一小塊地板上，靠著喜歡的人，窩在沙發上看娛樂節目。李秩覺得這一刻美好得不似現實，連那些他不太懂得欣賞的嘻哈音樂都顯得悅耳動聽了起來，他聳了聳身體，把頭靠得更貼近徐遙一些。

可是這美妙的時光沒有維持十分鐘，就被一通電話打斷了。李秩不得不爬起來去拿放在茶几上的手機，來電很是陌生，「喂，你好，請問是哪位？」

「請問是李秩李警官嗎？我是悅麗區派出所的遊筱，五年前我們曾經見過，你還記得我嗎？」

李秩想了好幾秒，好像記得是有這麼個人，「哦，你好，遊警官……有什麼指教嗎？」

「叫我油條就行了，大家都這麼叫我的。」遊筱的語氣聽起來有點激動，怎麼說呢，就像李秩見了徐遙的那種崇拜偶像的激動，「李警官，我一直有在留意永安區的新聞，你太厲害了，高品集團的連環案看得我目瞪口呆！」

「呃，也不是我一個人的功勞，是所有警察的通力合作才能做到的……對了，你找我有什麼事？這個座機的電話號碼，是你們派出所的電話吧？」

「啊，事情是這樣的，我們這邊不都是一些開發的山林休閒農莊嗎？快過年了，大家都休息了，但是今天早上發現了一具女性的屍體……」

「那你們區的警察局應該馬上就出動了吧？」李秩疑惑，「我能幫上什麼忙嗎？」

「具體的情況有點複雜，那不是一個剛死的女人，是已經開始白骨化的陳年屍體。而且在那附近，發現了一個夢遊的少年，他手上拿著一把明顯是從泥土裡挖出來的生鏽的刀。」

遊筱壓低聲音道，「那少年的媽媽出具了少年有夢遊症的精神診斷，我們這邊的警察局都沒辦法了……但是我知道你對這類型的案件很拿手，那個操縱了那麼多人犯罪的孫皓不就是你逮到的嗎？我想說，你能不能來幫忙看一看呢？」

「這個，我不是不願意幫忙，但是我們轄區不同，而且你是派出所的，本來就不能夠調查刑事案件。」李秩有點為難，「如果你覺得需要精神科的專家去應付那個少年，可以建議你們區的警局向悅城二院精神科求助，我認識他們的副主任，可以幫你打個招呼。」

「李警官，這少年不是一般的精神病，他萝遊十年了，我們的管委會主任可憐他，去二院申請了幫助，醫生也來了，想幫他治療，卻都被他的家人趕走了，他們很反感精神科醫生。」遊筱道，「而且，這次其實不是我的意思，我們區的警局隊長就是我表弟，他不敢向上級申請跨區合作，怕被上司罵無能，就拜託我走個後門……」

李秩皺眉，「解決不了的案件就要申請援助，怎麼能這樣為了面子而置人命不顧！你們悅麗區的警察就是這麼辦案的嗎！」

李秩生氣地質問著對方，一旁的徐遙卻豎起耳朵，他拉了拉李秩的袖子，李秩停了一下，徐遙做個「暫停」的手勢，李秩丟下一句「我現在在休假，幫不了你了」就掛了電話。

「怎麼了？」

「悅麗區，是不是我父親案發的那個悅麗區？」

「嗯？」李秩一愣，剛才太生氣了，都沒反應過來，「是……而且他說的休閒農莊的山林，大概就是那間民宿的山腳下那些地方。」

徐遙猛地坐直了，「那裡發生什麼了?!」

「一個同事說，發現了一具死亡多年的女性屍體，但是案情有些複雜，他們解決不了，想私下請求我的幫助。」李秩還是不太贊同他們的做法，「這是違規的行為，而且，為了顧忌面子就不上報，這成何體統！」

「賬嘛，秋後再算，現在我們閒著也是閒著，不如過去看看？」徐遙還是掛心那個地方，死亡多年是多少年，會不會也跟二十年前的案件有關？

「你也說了，你正在休假，我也沒有編制啊，不過就是再當一回顧問而已。」

「……我是看在你的面子上才答應的。」徐遙好言好語地勸說，李秩就什麼脾氣都沒了。他回了電話給遊筱，加了他的通訊軟體，對方心花怒放，馬上把地點傳給了李秩。

於是在這年末的中午，李秩和徐遙穿好了厚重的禦寒衣物，便出發往遠離悅城市中心的悅麗區去了。

明天就是除夕，去外地工作的年輕人都回來了，悅麗區山林腳下那些經營休閒農莊的店面多了很多年輕面孔。李秩他們到了悅麗區派出所，被大門警衛攔下要求登記。

「哦，我叫李秩，是永安區……」

「啊！你就是李副隊長！」警衛一聽這名字，馬上就把他往裡請，「快請進，遊所長正等著你呢！」

「遊所長？」

李秩一愣，遊筱混得這麼好啊，都當所長了？他隱約記得兩三年前他還是個普通警員。

他把證件收好，走到派出所的前廳，「你好，我來找遊筱……」

「副隊長！」

只見一個身材高瘦，穿著警員制服的男人小跑著上前迎接。他看起來比李秩要大上五六歲，卻對他畢恭畢敬的，而且還不是因為職位高低的那種諂媚逢迎。

「麻煩你過來這一趟了！你們稍等，我馬上帶你們到警局去！」

「好。」李秩什麼都顧不上說，遊筱已經主動當起了司機。

徐遙詫異地看著遊筱的背影，低聲問李秩，「你是怎麼認識這個人的？怎麼他對你那麼尊敬？」

「啊？我也不知道啊！」李秩跟徐遙一樣茫然，「我就是兩三年前在這邊吃飯，然後有個女服務生被一個男人摸了，她去報案，我替她當證人，是遊筱受理辦案的。」

徐遙還是不解，「那他就這麼崇敬你了啊？」

「真的就這樣啊！」李秩撓撓頭髮，一臉疑惑，「我什麼也沒幹……」

「喲，副隊長，你貴人善忘啊，怎麼會什麼都沒幹呢？」說話間，遊筱就過來請他們上車了，他剛好聽到徐遙的疑問，哈哈笑了起來，「你當時可是把我大罵了一頓啊！」

「啊？」李秩一愣，「我罵人？」

「哎，先上車，邊走邊說。」遊筱請他們上了車，一邊往警察局開一邊說起了和李秩的淵源，「副隊長，你還記得當時你帶那小女生來報案，我是怎麼說的嗎？」

「怎麼說？」李秩歪了歪頭，好像有那麼一點點的記憶，「我想起來了，你要她小事化無，說道歉就好了不是什麼大事……啊！」

遊筱露出一個慚愧的苦笑，「我現在知道這句話有多混蛋了。副隊長你罵得好，我就是對不起這身制服，就是對不起警徽，我當時還諷刺你入職沒多久……結果原來你都是刑警了，我卻在基層混成了那個樣子，實在太丟人了。」

徐遙挑了挑眉毛，斜眼瞥了李秩一下，「你還有耍官威的時候啊？」

「那怎麼能叫耍官威呢？」李秩急忙辯解，「如果這個社會變成一個小女生受欺負了卻只能自己躲起來哭的社會，那我們還有存在的意義嗎？」

「對！沒錯！副隊長說得好！」

遊筱激動地拍了拍車窗，李秩連忙勸他專心開車。悅麗區山多樹多，近年才開發成旅遊休閒區，十幾分鐘的山路顛簸後，三人才到了悅麗區警察局。

「小孟！副隊長來了！」

遊筱帶李秩跟徐遙走進警察局，剛好看見他們在辦公大廳集合，看來是要做案情總結。坐在會議桌主位的男人聞聲抬頭，應該就是遊筱的表弟孟棋山了。

「哎，油條！你還真的請動了專家，我欠你一個人情啊！」

「閒話少說，開始說案情吧。」李秩對孟棋山的印象還是「為了面子隱瞞案情不上報」，自然沒什麼好臉色。

他不管孟棋山讓給他的座位，徑直在末位坐下。徐遙心裡笑他鬧脾氣，但也隨他在旁邊坐下。

孟棋山乾咳兩聲掩飾尷尬，開始就著投影解說案情。

「今天上午七點十五分，三位登山客在小鳳山南麓發現了一個神情怪異的少年。這位少年大家都很熟悉了，就是金翠敏的兒子金臨淵。據登山客的說法，他當時神情恍惚，碎碎念地在挖什麼東西。隨後他們發現那是一把生鏽的刀子，生怕金臨淵是什麼走丟的精神病患，馬上跑開。但是就在逃跑的過程中，他們其中一人被絆倒了，而絆倒他的是一截白骨……」

投影切換，映出一副剛挖掘出來的骸骨，「這具骸骨經過檢驗，是一名年約二十五到三十歲的女性，身高一百六十公分左右，死亡時間足有十年，已經完全白骨化了。少年手上那把刀上的血跡已經無法檢驗ＤＮＡ，所以不知道是不是凶器。而鑑於這名女性是十年前死亡的，那時候金臨淵才五歲，我們也排除了他的嫌疑。」

李秩問遊筱，「為什麼你們都對金臨淵很熟悉的樣子？」

「哦，他啊，他在我們這裡很出名，因為他這裡有點毛病。」遊筱指了指自己的額頭，「他從很小的時候就會夢遊，小學的時候就是在附近走走，結果越長大、走得越遠。他媽曾經試過睡覺時把他綁起來，或者鎖上門窗，但他一樣能走出來，真的很奇怪。」

徐遙不解，「那怎麼不帶他去看病？」

「當然有帶他去看啊，但是也就這樣了，頂多就是讓他睡得沉一些，別走那麼遠，他時不時地還是會夢遊。」遊筱嘆口氣，「其實這孩子還挺聰明的，也沒什麼不良嗜好。但就因為這個病被同學排斥，大家都把他當神精病，他的性格就變得有些孤僻了。」

「金臨淵現在還在局裡嗎？」李秩問，「他的筆錄怎麼說？」

「他還在，我們接到報案到達小鳳山的時候，他還沒醒呢。」孟棋山道，「我們把他弄醒時也花了點功夫，他醒了以後對眼前的情況也十分吃驚。他說他什麼都不知道，跟往常一樣吃了藥就睡覺。他說的應該是真話，畢竟他那個病都那麼多年了。」

「雖然夢遊症不算罕有，但是在十二三歲以後還繼續夢遊的人不足百分之十一。而在這百分之十一之中，能完成那麼長距離的行走，還有挖掘東西這麼複雜的動作的，更是極少見。」徐遙習慣性地給出專業意見，但現場的人並不知道他的身分，向他投來詫異的目光。

李秩解釋道，「這位是徐遙老師，他是從美國回來的，是犯罪心理學的專家，曾經幫助過我們偵破好幾個案子。」

「啊！那、那麼孫皓的那個利用人心脆弱犯罪的案子也是這位老師處理的？」孟棋山馬上跑了過來，想要捉住徐遙的手握手，被李秩給擋開了，「我真是有眼不識泰山啊！徐老師你好！還請你多多指教！」

「……我們還是繼續說案子吧。」徐遙皺眉抱著手臂，「其實夢遊的人並不是完全沒有知覺的，他應該是處於一種半睡半醒的狀態，只是醒來後自動把所有的記憶都劃分為夢境罷了。他既然會挖那把刀，應該是他在醒著的時候見過。」

「現在那個少年是唯一的線索，我們想跟他聊一聊可以嗎？」李秩道，「當然是在監視之下。」

「別這麼說，副隊長願意幫助我們，我們一定全力配合！」孟棋山連連點頭，「他還在偵訊室，不過這孩子的性格不討人喜歡……」

「沒關係，我也不討人喜歡。」李秩搖搖頭，「對未成年人做筆錄也不是靠討人喜歡。」

「對對對，永安區可不比我們這些小鄉村，那裡的孩子更早熟吧。大宏，帶副隊長和徐老師去偵訊室，油條你也跟著吧，你負責招待。」

孟棋山一邊賠不是，一邊讓手下帶路。等他們都離開了辦公大廳，他才沉下臉，把副隊長鐘英叫到了辦公室。

「這可怎麼辦，不只叫來了一個李秩，還加了個徐遙？」

「我不是早就跟你說了，別讓遊筱插手，你就不聽。」鐘英咬牙切齒，「都死那麼多年了，報個懸案誰都不會為難的！」

「你又不是不知道遊筱那性格，一聽死的是女人就坐不住！」孟棋山也拿這個遠房表哥沒轍，「我都拚命暗示這事說出去會給我們丟臉，他非要撕掉自己那張老臉去求人家來，我能怎麼辦！」

「現在是面子的問題嗎？那地方距離工廠那麼近！要是被他們發現了怎麼辦？」鐘英的語氣很焦急，「這幾天是過年，我們還能趁著煙火鞭炮的名義把貨弄出去，錯過了我們再弄這些就很突兀了！」

「我跟他們說一下，延遲兩天交貨。」孟棋山琢磨道，「我猜那兩個人也就是看油條的面子才來看看的，過兩天沒進展也就撤了。當然，如果他們真的是神算子轉世能敲骨問卜破了案，我們也沒什麼損失。」

鐘英點頭，「那我叫工人們這兩天先別去上工，等他們走了再趕貨。」

「等等，幫他們安排個住所，找我們的人監視著，免得他們亂跑。」

「行，大宏姐姐的店裡還有空房，我叫他安排一下。」鐘英拿出一臺只有基礎通訊功能的老人手機，剛打了兩個字，像想起什麼似地問，「那個人要不要換個位置？」

「暫時別動，我們把他關那麼久了也沒人找到他，說明那裡很安全，我們換來換去反而引人注目。」孟棋山從喉嚨裡哼了一聲，「等他們走了，我們趁春節那波大吃大喝的人多的時候，弄個酒駕把他處理掉，不就神不知鬼不覺了。」

「好，那我去安排了。」

「吩咐大宏盯緊些，畢竟是市里的警察，不像油條那麼好蒙混。」孟棋山抱著手臂，「要不是表叔就他一個兒子，我早就把他也處理了。」

「孟隊長也是為了我們好，不然這一畝三分地的荒郊野嶺，靠那幾個休閒農莊，我們早就餓死了。」鐘英拍拍孟棋山的肩膀，「不過我覺得過了這次，我們得想個辦法讓油條安分點。」

「那再說吧，先把眼前這兩個不速之客打發走。」孟棋山道，「金翠敏怎麼還沒來把孩子帶走？」

鐘英看看手表，「大概快了，不過就算她不來，那傢伙也問不到什麼。」

「最好如此。」

孟棋山低頭看看手邊的那些證物照片，總覺得那把生鏽的刀預兆著什麼可怕的事情來臨。

眼前的少年沒有李秩想像中的陰鬱內向——至少比那個被馬天行唆使投擲玻璃瓶宣洩負面情緒的高智林正常多了。他的長相白淨清秀，跟其他正值發育期的男生的一樣骨骼修長、四肢纖細，要不是已經發育明顯的喉結和粗沙的嗓音，乍看還以為是個高挑的女孩子。

「我這次是不是跑得太遠了？」金臨淵看見李秩和徐遙兩個陌生人也不緊張，只是抓了抓派出所給他的毯子——他還穿著睡衣，「我沒試過跑到山上那麼遠，頂多就到山腳，我是不是病情更嚴重了？」

「你知道自己生病了嗎？」這孩子的淡定讓徐遙產生了一點感同身受的憐惜。都是十五歲，都是精神狀態不穩定，都被當成了嫌疑人、關進了偵訊室。

少年點頭，「是的，我從小就有夢遊症，有很多醫生學者來看過，但是都治不好。」

徐遙問道，「你覺得怎麼樣才算是治好了你呢？」

「睡覺的時候不再跑來跑去……」少年明顯頓了頓，似乎還有別的希望，卻忍住了。

徐遙沒有錯過這遲疑的語氣，鼓勵道，「還有什麼？除了走來走去，應該還有別的東西在困擾你吧？你夢遊的時候，真的完全沒有知覺、沒有感覺嗎？」

「我也會做夢，但是，就算躺著不動地睡覺的人也會做夢，所以這個應該不算是病症吧？」少年好像已經接受過很多治療，對徐遙的問題對答如流，「而且我醒來就不記得了。」

「金臨淵，我叫徐遙，主修心理學。」徐遙直視著金臨淵的眼睛，誠懇地對他說道，「我告訴你我的身分，不是想強迫你，而是想告訴你，我想、而且有能力幫助你，只要你願意相信我。我們現在的談話不是為了破案，不是為了那把刀，也不是為了那個身分不明的白骨，只是為了你。我們到這裡是為了幫助你，你明白嗎？」

徐遙的話讓這個清秀的少年露出了祕密被看穿的驚慌，儘管很輕微，但他還是表現出了害怕，「我、我說的都是真話。」

「那個感覺其實你是記得的，不然你不需要刻意隱瞞、不需要強調它的正常，也不需要說服自己你只是做夢，」徐遙道，「夢境不一定是真的，也有可能是大腦對你所接收的資訊的解構表達。你不用害怕，它不會傷害到你，也不會傷害別人，那只是你的認知而已，不一定是真的。」

「我……」

「我是監護人！我可以陪同我的孩子！你們別欺負我不懂法律！」突然，偵訊室被人猛然推開，見一個四十出頭、白領模樣的女人衝了進來。

金臨淵驚叫一聲「媽」，就被她拉到身後護著了，「你們別想冤枉我兒子！」

「這位是……」

虎背熊腰的大宏也沒攔住那女人，他語帶抱歉地向徐遙解釋道，「唉，她是他媽媽金翠敏……」

「我可是問過油條的，那死人骨頭都多少年了，絕對不可能跟我兒子有關！」

金翠敏緊緊地捉住金臨淵的手，「你們沒有權力扣押我兒子！他還未成年呢！」

「敏姐妳冷靜點，我們也沒說要扣留妳兒子啊！」大宏勸說道，「這不是看孩子穿得少，所以讓他待在這裡等妳嘛！」

「那謝謝你們了。」金翠敏從鼻孔裡哼了一下，顯然對這個說法不買帳。她把金臨淵身上的毯子掀掉，幫他蓋上一件寬大的羽絨外套，「好了好了，沒事了，跟媽媽回家。」

「他們沒有對我做什麼。」金臨淵對徐遙似乎有些好感，他看了看徐遙的方向，好像在猶豫該不該說些什麼。

但他沒來得及做決定，就已經被他強勢的母親半拉半拖地帶出了偵訊室，留下李秩跟徐遙面面相覷，彷彿成了嚴刑逼問未成年的壞人。

「副隊長，徐老師，你們別見怪，敏姐一個女人把孩子養大，自然比較強悍一點。」大宏向他們說好話，「敏姐可厲害了，一個人經營我們這裡最大的休閒農莊，周邊很多店都是沾她家的光才有錢賺呢！」

「哦？休閒農莊有這麼吸引人？不就摘摘水果釣釣魚？」李秩明知故問，想再套些少年的家庭背景。

「敏姐的點子特別多！有燒烤有烘焙，還有陶土跟花藝，總之無論她搞出什麼活動，都會有很多人來參加。我聽說是靠網路行銷什麼的，這些我們就不懂了。」大宏道，「現在嫌疑人也沒有了，大過年的還勞煩你們過來一趟，真不好意思。」

「你們遊所長找對人了，」李秩卻自嘲地苦笑了一下，「我們可是最不需要過年的人。」

「嗯？」

「法醫報告出來了吧。」李秩沒理會大宏的不解，「沒出來也沒關係，我們去看看。」

「哦，我們這邊人少，周法醫還是從鄰區調過來的，正在太平間忙呢。」大宏皺眉道，「我們這裡環境差，沒有專門的法醫室，器材也比較簡陋，你們真的要去看嗎？」

「高度腐壞的屍體我都不怕，都白骨化了有什麼好怕的。」李秩搖頭表示無所忌諱，「麻煩帶路吧。」

「好的，請跟我來。」大宏見李秩堅持，只好乖乖帶路。

徐遙拉著李秩的手臂落後幾步，悄聲道，「你覺不覺得這裡的人有點奇怪。」

「這樣的人還能當警察，當然奇怪了。」

「我是說，他們好像根本沒打算查。剛剛他的言外之意不就是讓我們回家過年嗎？」徐遙留意到大宏回頭看他們，匆匆說了句「小心點」就不再說話了。

李秩一直在為這裡的警察不作為而生氣，但徐遙這麼一提醒，他也感覺到不對勁了。大宏長得魁梧高壯，雖說那金翠敏確實強勢，但也不可能攔不住她，任由她直闖偵訊室，這中間還有電子鎖呢。怎麼看都像是故意放她進來，打斷他們對金臨淵的問話。

俗話說天高皇帝遠，在這距離市中心頗為遙遠的山區，李秩也發現在永安區的那套辦案方法好像行不通了。

「周法醫，我們過來看看進度。」

大宏把他們帶到了悅麗區診所裡停放屍體的太平間，一推門，便看見一個頭髮花白的半百老人正在檢驗工作臺上編著號碼的骸骨。

他捶了捶腰，對大宏說道，「沒那麼快，這麼多骨頭，才剛清完泥土呢。」

「周法醫你好，我是永安區警局的副隊長李秩。」

李秩看了看工作臺上的骸骨，骨頭不僅完全白骨化，而且泥土染色頗深。即使清理過了，骨頭還是呈現泥褐色。

「有什麼需要幫忙的地方嗎？比如幫你拍照或者記錄？」

周法醫抬起頭來，正眼看了看李秩，「果然是大城市的警察，懂得真多。好好好，麻煩你們了。」

「嗯，你的助手怎麼沒有跟來？」李秩自動自發地拿起記錄本，把拍照的工作交給徐遙，他應該比自己更能看出些什麼來。

「這大過年的，早就回老家了。就算現在讓他回來，也得火車停了才行啊。」周法醫道，「我這把老骨頭是比較慢，但還中用。」

李秩聽出他埋怨他們來查看進度、嫌棄他的工作效率了，但也只能笑笑，拿起筆來刷刷地填上一些他懂的內容。「請開始吧。」

「死者是女性，身高一百六十到一百六十五公分，骨骺情況看來年約二十五到三十歲。頭髮長度二十八公分，有可能生前更長，只是被溶解了。顱骨完好，面骨完好。」

有人幫忙以後，周法醫檢查的速度也快了起來。他一邊檢查，徐遙一邊拍下他所說的部分，而且不留死角。

周法醫看了看徐遙，好像是想考一下他似的，故意停下來指著頸骨的位置，「這裡也拍一下。」

「好的。」頸骨的結構複雜，徐遙一會踮腳一會彎腰，拍了好幾個角度後，發出了一聲「咦」的奇怪聲音。

「年輕人，你咦什麼呢？」周法醫看著他，明知故問。

「這骨頭的位置有點奇怪。」徐遙指了指兩節骨節相連的地方，「這裡好像，缺了點什麼？」

「是的，這裡被拗斷了，斷裂的碎骨脫離了主骨架，應該已經化掉了，所以這裡的生理連接就不見了。」

周法醫好像很滿意，戴著手套的手指撥了撥頸骨，指點道：「你看，缺掉的骨塊應該是呈現這樣一個往後拗的弧形。也就是說，死者是被人從後勒住脖子，背著她往上提。死者頸部後揚掙扎，她有可能是先窒息再被勒斷頸骨，也有可能是頸骨先被拗斷馬上死亡。不管怎樣，凶手都必須有控制一個成年女子的力氣，小孩是不可能的了。」

「本來也沒有懷疑他是凶手。但不是凶手，不代表他就毫無關係。」李秩打斷他們兩人師徒似的對話，「骸骨上能找到什麼刀具所造成的傷口嗎？」

周法醫瞇了瞇眼睛，眼角的皺紋幾乎把他不大的眼睛淹沒了，「那得慢慢看了，但是這具骸骨上有不少的銼口，我暫時不能確定是利器造成的還是生物腐蝕。我可以把這些創口送去化驗，但是這個時節，化驗結果可能得過幾天才能出來。」

「慢也得化驗，不然更無從下手了。」李秩轉身問一直站在角落裡的大宏，「你們這邊有鑑識組嗎？」

「哎，我們悅麗區四五年前才劃分了行政區，還沒有那麼充足的人手。」

言下之意是沒有了，「那麼，那把金臨淵挖出來的刀，現在在哪裡？」

「在證物室，周法醫也幫忙做了初步的鑑定。」

「那把刀沒有魯米諾反應，也就是說一點血跡也沒有了，沒辦法做DNA比對。」周法醫看了看李秩緊皺的眉頭，好像也被帶起了一點積極的態度，「但是我們可以把上面的鐵鏽弄下來，分析一下成分，就能判斷那把刀到底是真的埋在那裡很久，還是從別的地方弄來故弄玄虛的了。但這個你得找人送檢了，我可沒辦法做這樣的檢驗。」

「沒問題，除了悅城官方的化驗所，市裡還有一家官方認可的私人化驗機構，我知道他們是全年無休的。」那家私人化驗所的老闆就是李秩的同學，他可清楚記得他同學說的話「罪案跟疾病一樣，是不會過年休息的」，「我會盡快安排。」

「哦，那就拜託你們年輕人了。」周法醫碎碎念地謝過李秩，便繼續檢查骸骨。

等整副骸骨的詳細情況記錄完，該送去化驗的檢材一一裝好，李秩和徐遙才放下工具，聽大宏的話，先去為他們安排的住所休息。

「大宏，你們這次找的救兵真神啊。」周法醫看著李秩他們離開，拉著大宏讚譽道，「說不定你們這次真的能破了這件懸案，那可是大功一件了。」

「嗯，是啊，可能吧。」

但是大宏顧慮的卻不是那具骸骨，而是距離那骸骨被發現的地方很近的工廠。聽周法醫這麼稱讚，他更加憂心那賺快錢的門路會被斷絕了。

他趁李秩他們沒留意，發了一條簡訊給他姐姐。

安排一間大客房。十五分鐘後到。

「大宏？」李秩見對方頓在那裡發訊息，催促道，「我們快一點吧，也許還能趁天黑前去一趟現場。」

「不行，現場沒法開車去，用走的得走一個小時。現在都快五點了，山裡天黑得很快，不安全。」大宏收起手機，「我們這裡家家戶戶都過年了，不太方便安排住宿，我們家就我和我大姐，要是不嫌棄的話，就到我家去吧？」

「怎麼會嫌棄呢，是我們打擾了。」

李秩沒想那麼多，還對大宏客氣地道謝。可當他走進那間景致怡人、敞亮通風的豪華雙人房時就愣住了。

這是，這是要他跟徐遙兩人住同個房間?!

雖然說昨晚也是這麼過的，但那時徐遙醉得不省人事，他也只像個老媽子般操碎了心，可現在徐遙是完全清醒的啊！

怎麼清醒著與徐遙共度一晚的問題讓李秩大腦當機，他正想問大宏還有沒有別的房間，徐遙卻道，「挺乾淨的，謝謝。李秩，過來鋪床。」

「……哦。」李秩憋得滿臉通紅，也只能聽從了，跑過去幫他把床鋪整理好。

「噓。」徐遙卻偷偷在被褥揚起時把食指按在李秩唇上，李秩詫異，不再說話。待大宏離開後，徐遙悄悄走到門口，把房門關死。

李秩正不解徐遙的做法，便看見他走到電視後，摸出了一個小小的黑色方塊。一個竊聽器。

悅麗區裡裝修最雅致的休閒農莊「水月軒」裡，沒有回家過年的員工看見老闆娘拉著她兒子風風火火地走進門來，連招呼也來不及打就上了五樓——老闆娘的家——心裡便知道又是小少爺夢遊去了，也都見怪不怪，繼續圍在電視機前看賀歲節目。

「小淵，你不要聽那些人講的話，什麼心理什麼精神的，你不過是比平常人活潑，做夢也沒停下動作而已。」

金翠敏把金臨淵帶回家裡，一邊幫他擦臉擦手一邊反覆叮囑他。

「你不要相信那些人說的什麼精神治療，他們都把你當作怪物來研究。媽媽知道你是個正常人，你是個好孩子，你清醒的時候不會害人，睡覺的時候更不會！」

「媽，但是我小時候……」

「媽媽說過了，那次是意外，是媽媽沒把小雞關好，你是不小心踩到的，不是故意的。」金翠敏捧著兒子的臉，逼他看著她的眼睛，「之後我們不是養了小貓嗎？你也沒傷害小貓啊，這表示你不是一個會傷害別人的孩子。有的人睡覺打呼，有的人睡覺流口水，你只不過是睡覺時會走路而已，本質上沒有什麼不同！」

本質上嗎？金臨淵仍然皺著眉，他的眼睛又大又圓，像隻委屈的小鹿，「媽，我累了，想回房間休息……我不會睡著的。」

「好，你回房間打打遊戲吧。」金翠敏摸摸他的頭，陪他進了房間。

金臨淵打開電腦，打開了一個網頁遊戲，金翠敏這才離開。

其實金臨淵不喜歡這種打打殺殺的升級打怪遊戲，他更喜歡講究邏輯推理的解謎遊戲，但是金翠敏不喜歡他接觸這類型的東西，所以他的房間裡一點跟偵探懸疑有關的書籍都沒有。

他把網頁遊戲縮小成只占據螢幕四分之一的視窗，接著便打開一個隱藏資料夾，裡面滿滿都是福爾摩斯、江戶川亂步、橫溝正史、阿嘉莎等等等等的經典偵探小說。他也想過是不是他老是看這種犯罪題材的小說，才會讓自己深陷夢魘，但即使他不看這些書也沒有任何效果，他還是會夢遊。

後來他就放棄了，起碼他看過這些書以後，多少能對夢中怪異的現象產生一種似曾相識的熟悉，自欺欺人地給自己壯膽「我知道你是來自我看的小說中的某某情節，我不怕你」。

但今天他一行字都看不進去，徐遙的話語在他耳邊揮之不去。他說的話其實都是那些精神科醫生的老話，但是從他的眼中，金臨淵看到了一些那些醫生沒有的東西，那不只是同情和關懷，更有悲切和痛苦。

他好像真的能明白我所受的折磨。

金臨淵關了電腦，換上一身黑色的衣服，偷偷溜下樓。

「咦，少爺你要去哪裡啊？」倒水的員工剛好看見金臨淵從廚房的後門溜出去。

「我很快回來。」但金臨淵沒有回答，他跑了出去，快步隱沒在已然黯淡成深藍的暮色之中。

李秩輕手輕腳地把那個竊聽器拆開，線路板上有兩條髮絲粗細的金屬線，李秩拿出手機來打字，「拆？」

徐遙搖頭，他從浴室裡拿了一條毛巾，包繞著竊聽器，又在毛巾外再套了一個鞋套。這樣兩重隔音以後，那頭的收音設備不會顯示失去訊號，但也聽不到他們在說什麼，只會有沙啦沙啦的雜音。

做完這些舉動後，徐遙才開口說話，「這樣他們暫時不會想到是我們發現了竊聽器，只會覺得竊聽器的品質有問題。」

「他們一定有什麼見不得人的勾當。」李秩意識到問題的嚴重性，一開始的不滿變成了憂心，「我們的轄區不同，我又沒有足夠的證據向上級申請支援。而且我還是私下來的，更加不符程序，但是又不能不管……」

「遊筱應該什麼都不知道，不然他不會厚著臉皮請你來幫忙。我們要想辦法和他說明這個問題，盡量尋求他的協助，畢竟強龍不壓地頭蛇。」

徐遙拿過放在床頭櫃上的一疊便簽，畫了兩個圓圈，在一個圓圈裡寫上了「Jane Doe（女性無名屍）」，另一個圈裡寫了個問號。

「我們現在先要搞清楚，他們到底是不想讓我們查那位女性死者，還是別的什麼東西。」

「應該跟死者無關。雖然進度緩慢，但是他們也沒有阻撓我們偵查案情。證人也讓我們見，骸骨也讓我們驗，只除了一件事，」李秩從徐遙手上拿過筆，在 Jane Doe 旁寫了個 L（location 地點），「他們一直不願意帶我們去發現骸骨的地方，對地點的描述也很模糊。」

「遊筱不是傳過一個定位給你？」徐遙說著，李秩便拿出手機來，「能不能精確到山間小路？」

李秩把比例尺放到最大，吃力地辨認了一番，還是搖頭，「不行，這裡是山體，是豎直結構，GPS沒有用。」

「嗯……」

徐遙一時也沒有想法，李秩見狀，振作精神道：「反正我們不走動，他們也就不會管我們，那我們就以靜制動。奔波一天了，我們還是先休息一下吧……」

李秩還沒說完，本來坐在他身邊的徐遙就不太自然地動了動身體，李秩連忙補充道，「不是，我的意思是，你睡你的，我睡我的！」

「……我當然知道，你慌什麼？」徐遙也就欺負李秩不懂肢體語言學，剛剛他那舉動已經出賣了他同樣想歪了的心思——但他會想歪，本來就顯示了他也產生過一樣的想法，「我去洗把臉。」

徐遙起身走進浴室，李秩拍了拍自己的臉。這都什麼什麼時候了，可能至少有三位、甚至整個悅麗區的警察都在盯著他們的一舉一動，他怎麼還有心思想這些飽暖以後的事情。唉，男人的生理構造真是太落後了，怎麼就不能讓崇高的理性思維壓抑動物本性呢！

李秩深刻地自我檢討著，以至於徐遙一出來就看見一座正襟危坐苦大仇深的石碑。他沒忍住笑了出聲，略用力拍了一下對方緊繃的脊背，李秩一驚，反射性擒住了偷襲他的人，制住他的手腕把他壓倒下去。

徐遙猛地被甩到床上，整個人都呆住了。李秩這套動作全屬本能，一秒的反應時間過後便急忙跳開，飛快地跑到房間另一側的角落裡連聲道歉。

「對不起對不起對不起！我想事情想出神了！我不是故意的！對不起對不起！」

徐遙拉了拉衣領，撐坐起來。他看著一臉誠惶誠恐的李秩，莫名地嘆了口氣。他拍了拍身邊的位置，「過來吧，我們把話說開，別這樣扭扭捏捏了。」

「……嗯。」李秩頓時無地自容。

他的齷齪想法都被徐遙發現了，太糟糕了，他會不會把他當成那些滿腦只有上床的男人？他那麼敏感警惕，好不容易對他產生了一點信任之情，他就這樣控制不了自己，他會不會把他當做那些追求別人時百依百順、追到手了就原形畢露的渣男？

不對啊，他也還沒有追到手啊，完了，這就更渣了……

李秩垂著腦袋走過去，料想著徐遙要跟他說一堆現在還不能接受他的話。但他才剛坐下，徐遙便往前一傾，抱住了他。

「控制壓抑一個想法只會無意義地消耗你的精力。」徐遙跪在床鋪上，轉過身去，把李秩的頭攬進懷裡，「這是現在的額度。」

「……我能不能超支一點點？」

「嗯？」

「就一點點……」李秩轉過身去，攀著徐遙的肩背往上一掙，往他那總是抿著的唇上快速地啄了一口。

徐遙屏住了呼吸，他低著頭看李秩，李秩也仰著頭看他，眼中固然有親近的渴望，但更像是一個等待成績單的孩子，滿眼都是希望自己的努力能得到認可的期盼。

他知道那是因為在這段關係裡李秩一直覺得自己是仰望他的，他的愛慕裡包含著憧憬與崇拜。他知道那是因為李秩缺失母愛，所以他所追求的就是讓他能夠撒嬌能夠依賴的情感，於是他總是在自己面前顯得傻白甜，那是他想要這樣而不是他真的是這樣。他知道那是因為李秩儘管說著只會守候他、但心底裡還是篤定他最終還是會接受他的自信，現在只不過逐漸試探他的肯定……

他知道很多很多原理可以解釋李秩的這個舉動，但是在這一刻，他只是撫了一下他的臉，便再無言語——

他只是把他抱緊了些。

李秩埋首於徐遙的懷抱之中，暫時把敵我不明的情況拋諸腦後，擁著他往前一倒，陷進柔軟的被褥裡，放空全部的思維。

徐遙有一下沒一下地撫著李秩的髮尾，這讓他想起昨天夢見的那隻邊境牧羊犬。

什麼啊，這才不是邊境牧羊犬呢，根本就是一隻裝可愛的德國牧羊犬。明明耳朵豎得筆直，一口牙能咬穿五公分的木板，卻還是對飼養員歪頭賣萌那種德國牧羊犬。

徐遙正為這小狼狗的聯想發笑，便聽見那窩在他頸項間的人長長地呼了一口氣，綿長的熱氣讓他渾身顫了一下。

但他轉過頭去時，卻發現他只是睡著了。

也對，昨晚他還照顧著爛醉的他，肯定就沒睡好。

徐遙伸手扯起被子，把兩人罩了起來。

無論前路如何晦暗，只要還有一個人能讓你安心入眠，那也不算太糟糕吧。

李秩和徐遙兩人小憩了一會，康大宏的姐姐康妙珠便來敲門，說是請他們兩位吃飯，也不知道是真的該吃飯了還是來查看竊聽器的。兩人把竊聽器還原後，便若無其事地到樓下去吃飯。

康妙珠是典型的老闆娘性格，說話爽快動作俐落，但嘴巴很嚴。李秩幾次試探她這附近有沒有什麼特別的地方或是奇怪的傳聞，她都繞了過去，不是說近年開發後整個格局都設置過了沒什麼特別，就是說現在都是科學時代了沒有什麼神神鬼鬼。

她倒是熱情地勸他們喝兩杯，看似好客，但李秩覺得她更像是想灌醉他們，好讓他們安分地待在房間裡。

一頓飯吃完，徐遙藉口舟車勞頓想睡覺，李秩也順勢陪著，兩人快步回到房間，推門而入。

門卡插上，房間內重新通電，亮起來的燈光中卻映出一道人影！

「誰！」

兩人嚇了一跳，李秩擋在徐遙身前向那人大聲喝道。

「……」那人轉過身，卻是金臨淵！

「李警官，有什麼事嗎？」

康妙珠聽到聲音，往樓上呼喊。

「沒事，被只老鼠嚇到而已！」徐遙大聲回應了一句，便把李秩推進去，反手把門關上，「你怎麼知道我們在這裡？你是怎麼進來的？」

這話問的當然是金臨淵，他站在兩張床之間，看了看一邊凌亂一邊整齊的床鋪，好像發現了什麼不得了的事情，眨了眨他那早慧的大眼睛便移開了視線。

「這大過年的也沒有什麼店鋪營業，警察裡就大宏家是開旅店的，所以我猜你們會住在這裡，就過來了。」

「……可你是怎麼知道我們住哪個房間，又是怎麼進來的？」徐遙看了看門窗，沒有被撬的痕跡。

「這裡的窗戶很容易就能開，拿我媽的髮夾就能撬開。至於你們睡哪個房間……」金臨淵撓撓發尾，露出一個跟他年齡相符的羞澀的笑，「我聽到康大姐喊你們吃飯，然後那個時候燈滅掉的房間就是了。」

「所以你已經在外面等了一段時間了？」李秩聽出端倪，「你特意來找我們的話，為什麼不直接進門，要從窗戶爬進來？」

「那我反過來問你們一個問題，為什麼你們要在門口夾一根頭髮呢？」金臨淵攤開手掌，卻是一個用紙巾團團包起來的竊聽器，「我爬窗戶是為了躲避監視，不讓他們知道我來找你們。你們也感覺到了一些不對勁吧？」

「小弟弟，你深藏不露啊？」李秩哈地笑了一下，「在警局裡那副楚楚可憐的樣子都是裝的？」

金臨淵臉上一紅，「我沒有裝可憐，我當時也很茫然，所以就很遲鈍……」

「你來找我們，是想跟我們說什麼吧？」徐遙拉了一把椅子讓金臨淵坐下，他和李秩也坐到床上，消除身高差也能讓這孩子沒那麼緊張，「坐下來說吧。」

「你之前說我其實是記得夢遊中的情況的，對吧？」金臨淵道，「其實我自己也分不清到底是不是夢境，總之，我不是第一次到那個地方。」

「什麼地方？」李秩一愣，「你是說發現那具骸骨的地方，還是你挖出一把刀的地方？」

「你說的兩個地方相距不到一百公尺，就是同一個地方。」金臨淵緊張地搓了搓手，「但是我不知道我是什麼時候去過，又是因為什麼而去，在那裡做過什麼，我只是覺得我到過那個地方，然後就開始挖東西了。我不知道為什麼就覺得那裡應該有東西，所以就挖了起來……那幾個登山客大叫的時候我其實已經有一點點清醒了，但那感覺就像，像什麼呢……」

「明明有意識身體卻動不了，或者有一部分的意識很想做某件事，但是身體卻不聽使喚地做另一件事，彷彿有另一個意識在主宰，」徐遙幫他理順一下，「前一種情況就是俗稱的『鬼壓床』，而後一種，可能更像鬼怪傳說裡的被鬼附身吧？」

「嗯……可能是鬼附身的感覺吧，就像有人跟我說在這裡挖東西，但是我不知道那個人是誰，我又為什麼要聽他的。」

金臨淵揉了揉眼睛，猶猶豫豫地說道，「會不會是我在夢遊中殺了人……」

「雖然理論上有這個可能，但是這個案子中的死者已經死去了十年左右，那時候你五歲，不可能殺死一個成年人吧？」李秩問道，「你還是繼續說那個地方吧。那裡有什麼特殊的嗎？」

「沒什麼特殊的，就是一片樹林，在我家農莊後門出去，大概走五分鐘就到了。」

「嗯？」徐遙皺了皺眉，發現屍體的地方這麼接近民居？「你可以帶我們去看看嗎？」

「當然可以。不過……」金臨淵往窗外看了看，山裡的夜特別黑，「現在去可能什麼都看不到。」

「白天去的話，會被別人阻撓的。」李秩沒把那個「別人」挑明，「你說你進來的時候躲開了監視，那你能帶我們躲開監視，到那個發現骸骨的地方嗎？」

「能是能，但是得爬窗戶……」金臨淵看了看比他了高差不多兩個頭的李秩，又看了看文質彬彬的徐遙，眼裡閃過了不太確定的神色。

「小傢伙，別小看人，帶路吧。」徐遙笑笑，拍了拍金臨淵的肩膀，讓他「帶路」。

金臨淵只能照辦，他輕手輕腳推開窗戶，指了指左邊的冷氣槽，「那邊有一個監視器，那邊的停車場也有，所以我們要在冷氣槽到這個窗戶的右邊框之間，沿著水管爬下去，一超過這個位置就會被拍到。到地面後，馬上貼到牆邊，沿著牆根到右邊的草叢裡去，那就可以完全避開監視了。」

李秩和徐遙還來不及問金臨淵是怎麼知道這個監視死角，金臨淵已經攀著水管滑了下去。少年人身體軟體重輕，小猴子似地溜了下去，兩人只好跟著他的步伐沿著水管爬下去。

李秩雖然身材高大但體能好，動作慢只是為了躲避監控而小心翼翼。但徐遙就有點笨拙了，他回國這些年都是靠腦力維生，體能大不如前，好不容易爬下去了，李秩便捉住他的手快速躲到草叢中。

黑暗中的山路更加難行，三人打著手機的亮光照明，也只是杯水車薪。除了腳前那一塊亮光，到處都是伸手不見五指的黑，臨近新月，連月光都很淡薄。三人摸索前行，終於到了那一塊被黃色螢光帶圈起來的現場。

「就是這裡。」金臨淵揮了揮手機，他站在一棵高大的松樹下，樹上繞著一道黃色的警戒線。

洞。

李秩和徐遙走過去，李秩觀察四周環境，徐遙則蹲下來檢查被金臨淵挖掘過的洞。

「從這裡看過去確實很靠近民居，但走起來的實際時間比較長。」李秩看了看手機上的時間，「我們走了大概十五分鐘吧，雖然夜路難行，但五分鐘跟十五分鐘還是差得有點遠。」

「五分鐘是從我家農莊的後門過來，要是從大宏家的旅館過來，中間有一個荒廢多年的舊地窖，一不小心就會掉進去，所以得繞過去。」金臨淵解釋道，「我聽我媽媽說，這裡從前都是普通的山村瓦房，很多人家都用地窖來貯藏食物。直到開發了其他生意，大家的生活好起來了，不只改建房子，也開始用冰箱，所以就把地窖填了。不過也有的舊房子沒有人住，就一直空著了。」

徐遙搓了搓土坑裡的泥土，「溼的……你挖得很深啊，徒手挖的？」

金臨淵眨著眼睛回憶，「我不記得了……但是我醒來的時候，指甲裡沒有泥土……」

「應該是這個吧？」李秩照到地上一根折斷了的樹枝，樹枝一頭是自然的乾燥裂口，另一端被戳得一片泥濘。

他撿起那樹枝，插到地上，「看，這個深度剛好。」

金臨淵自己也皺起眉頭來了，「怎麼我夢遊還撿裝備啊？也太符合邏輯了吧？」

「還有人夢遊中做飯，做出來的飯菜還非常美味呢。」徐遙道，「夢遊到底是基於什麼原因還沒有一個定論，我們對大腦的認知還太少了，容易大驚小怪。」

「……嗯。」

徐遙這種輕描淡寫的態度讓一直被特殊對待的金臨淵放鬆了不少。他在別人面前的那種戰戰兢兢消減了不少，大著膽子靠近那個坑洞。

「我醒來的時候已經被拉開了，就在剛剛那根樹枝的位置，所以我其實沒看見自己挖了什麼出來，他們說是刀子……」

「你沒看見？」李秩詫異，「這也太奇怪了，就算排除了你的作案嫌疑，但也應該讓你指認證物啊？」

金臨淵搖頭，「反正他們沒有給我看，說是不想刺激我。」

「這個坑洞深度大約三十公分，坑底直徑大約二十公分，說是一把刀子的話，應該比較接近水果刀的長度。」徐遙從李秩手中拿過樹枝比劃，「可是，一般埋一把刀子，應該是豎著把刀刃插入，然後掩埋到蓋住刀把就可以了，用不著挖這麼大的坑把刀子橫著放下去。」

「你的意思是，這挖出來的可能不是一把刀？」

「或者不只一把刀。」徐遙摸了摸坑底的土壤，儘管是冬季，但深層土壤依舊飽含水分，帶著溼漉漉的土腥味，「小傢伙，你過來聞一聞，你當時手上有這股味道嗎？」

金臨淵捂著鼻子搖頭，「沒有。」

李秩推他一把，「你都沒走近一步，太敷衍了吧？」

「我的鼻子很靈的，隔壁家沏茶我都能聞到茶香，肯定沒有！」

「你挖了這麼深，卻連一點泥土也沒沾到，連泥土味道都沒有？」徐遙詫異，他讓李秩幫他照光，自己趴在地上，低下頭去，想再看仔細一些。

在他俯低身體時，眼尾餘光似乎掃到了一點動靜。他猛地扭頭去看一側的樹叢，但是林暗夜深，什麼也沒看見。

是他的錯覺嗎？

徐遙起身，拍了拍手上泥土，往那疑心的區域走去。李秩不明所以，但也跟了過去。

就在徐遙快要撥開那蓬亂草時，一把沙土「唰」地撲了他一臉。他連忙抬手躲避，一個黑影嗖地從側面逃跑，李秩一個箭步趕上，抓住那人的一條手臂，猛力後拉想把人拉回來。但對方反應也是極快，李秩剛碰到他的手臂，他便借力反擊，不僅沒被拉回去，還把李秩摜到在了地上！

這一下像鐵錘般把李秩拍在了地上，李秩被摜得窒了一口氣。對方只求脫身，轉身又跑，李秩來不及起身，做了個鯉魚打挺，一腳踹在那人的腿彎。

對方撲倒在地，李秩飛躍壓上，反剪著他的兩臂，大聲喝道，「警察！別動！」

那人卻對這聲警告置若罔聞，在被徹底壓趴前便躬身躍起，撞開了李秩，轉身便逃。

卻見一束猛烈的白光打在了那人臉上，他慘叫一聲捂住眼睛，李秩喀嗟一下把那人的手腕跟自己的銬在一起。

「還跑！」

「你是……」打著燈光的徐遙看著白光籠罩下那個捂著眼睛的人，感覺有點熟悉。

「……何隊長?!」李秩把人拉近一看，卻是在許慕心及何銀川那件交換殺人案中幫了不少忙的特警第一中隊隊長何樂為！

「……李秩?!你怎麼會在這裡？」何樂為聽聲音認出了李秩，他朝燈光的方向側了側臉，徐遙連忙把手機移開，「這位是徐老師吧？」

「嗯……」徐遙的語氣有點抱歉，「你閉著眼睛休息一會，應該很快就沒事了。」

「不能休息，這裡不安全。」何樂為揉了揉眼睛，他伸手捉住李秩的肩膀，「往西南偏南十五度方向，三百公尺處有個屋子，那是安全屋。先去那邊，我再跟你們說。」

「好。」

雖然不知道何樂為在忌諱什麼，但他這般謹慎，一定是發生了什麼重要案件。李秩扶著暫時看不清路的何樂為，徐遙拉著一臉茫然的金臨淵，一起趕到了那間安全屋。

屋裡沒有通電，但有幾根蠟燭。李秩點了一根蠟燭，此時何樂為的視力已經恢復了，他揉揉眼睛，卻看見了一個陌生的少年。

「你們怎麼帶著孩子辦案？」

「這是一件案子的關鍵證人，我們帶他重組現場。」

李秩借著昏黃的燈光打量四周，這間「安全屋」其實就是一個廢棄倉庫。門鎖已經鏽掉了，窗戶上的木欄杆也全數腐蝕，只剩下窗框，屋裡只有幾個快要散架的木筐。

「何隊長，你怎麼來了？」

「這句話應該是我問你才對吧？這裡不是你的轄區。」何樂為看了看徐遙跟金臨淵，「你這樣私自行動，行不行啊？」

「何隊長，我們誰也別說誰。如果你不是私自行動，剛剛打起來的時候，你的隊員早就出來了。」李秩乾脆直說了，「我認識這裡的一個派出所警員，他說這裡發現了一具無名屍骨，想找我過來幫忙看看，我就來了。這傢伙是屍骨的第一發現人，我帶他過來確認細節。我說的都是實情，該你了。」

「警員請你來的？」何樂為卻皺著眉頭，若有所思，「那他們警局的人呢，怎麼沒有一起來？」

「這個……」

「你也發現他們不對勁是不是？」李秩正不知如何開口，何樂為倒是從他遲疑的表情中得到了確認，「你接觸過他們幾個人？」

李秩一愣，他記起在美舒電子的那件殺人案中，何樂為因為在廠房外等待線人而成了嫌疑人，「何隊長，你來這裡是為了你的線人？」

「……李秩，事到如今我只能向你們求助了。但是你們要答應我，這事必須保密，直到我們一起向局長彙報。」何樂為看了看徐遙和金臨淵，「你們也能辦到嗎？」

徐遙回以一個「隨便你說不說」的冷漠眼神，金臨淵卻認真地點頭，「我一定不會說的！而且我無論說什麼，他們都把我當作神精病，不會相信我的！」

「嗯？」這少年說的話讓何樂為有些意外，但看來是相信他了，他撥了撥燒焦的燭芯，語氣沉重，「我到這裡是為了找我的線人，他在失蹤前留了訊息給我，說他在悅麗區的松樹林裡發現了一個非法的軍火製造廠……」

「軍火?!」別說李秩，連徐遙都吃了一驚，「在國內搞軍火？」

「你們還記得容海美食街的爆炸案嗎？我當時就覺得很不對勁，後來你們又查到了孫皓跟高品集團的牽連，我從高品內部人員那裡繼續查，才發現了原來在悅麗區有一座非法的軍火製造廠。但他們出貨時非常小心，都鎖定悅城周邊的城市，所以我們本地的警察反而沒感覺到本市有槍枝威脅。」

何樂為一邊說，一邊在地上畫出了幾個關聯線索，最後，他在「悅麗區」下打了個叉。

「我的線人從鄰市回來，發現那邊的槍枝跟警槍很像，他還找到了一把磨掉了編號的槍。我去做彈道測試，發現是來自悅麗區的配槍，但就在我得知這件事的同時，就收到了我線人的回報，說他找到了線索，非法軍工廠跟悅麗區的警察有關。可是自那以後他就跟我斷了聯繫，我已經在這裡監視了三天，但是他們人多，整個休閒農莊區都安裝了不少監控鏡頭，我很難找到我線人到底在什麼地方。」

「那你為什麼在樹林裡監視我們？」李秩問，「你覺得那裡有可疑之處？」

「我看到今天那裡來了很多警察，應該就是因為你說的那個案子吧。」何樂為打量了一下金臨淵，但他沒有時間打聽別人的案情，「我發現他們對這塊地方非常重視，不光拉了警戒線，還嚴密防備路人經過，一直守到太陽下山了才離開。我猜想要嘛就是那個工廠在附近，要嘛就是關著我線人的地方在附近，所以才想等天黑了來探一探。」

「我們也發現了，他們不太想讓我們到案發現場來，所以才會晚上來。」李秩琢磨了一下，「但是我們在這裡勢單力薄，也沒有證據去搬救兵。再說了，就算向市警局申請支援，這大過年的也未必來得及……」徐遙拍了拍李秩的肩膀，李秩便停下來讓他說話。

徐遙看了看他們四個人，確實擔得起「勢單力薄」四個字，「我們必須先把何隊長的線人救出來，這樣才有證據去破獲軍工廠。等掃蕩了那些害群之馬，我們才能順利調查那具無名屍體。」

「說得簡單，我只要把人救出來，他們就會知道敗露了，馬上就逃了。再說，我也不知道具體的位置……」

「何隊長，你平時看小說嗎？」徐遙卻道，「有一種小說寫作手法叫ＰＯＶ，point-of-view，就是轉換不同角色的視角去寫同一個故事，最著名的就是《羅生門》……」

「好了，徐老師，我不是李秩，聽不懂你那循循善誘，」何樂為做了個「停」的手勢，「你直接說要我們做什麼吧？」

徐遙被打斷了思路，頓了一會，便看見李秩在一邊發笑，「你笑什麼！你知道我要說什麼嗎？」

「我知道啊，」李秩卻道，「所以我才笑的嘛。」

「哦？」徐遙挑了挑眉毛，「那你來說。」

「好，那我說了。」李秩笑道，「首先，有人要回去生個病……」

「哈啊？」何樂為怪叫一聲。

徐遙卻明白了李秩是真的知道他的想法，「對，我待會一生病，你們就可以動作了！」

夜色漸濃，康妙珠正在追看的電視連續劇已經播完了，她疑惑地看了看樓上。

李秩和徐遙吃過晚飯便回了房間，一直不聲不響的，竊聽器裡能聽到些悉悉索索的聲音，卻聽不真切——幾百塊的貨色就是不能相信——她正打算找個藉口上去看看，李秩便焦急地跑了下來。

「康大姐，請問你們這哪裡有藥房？徐老師的胃病又發作了，很不舒服，得幫他買點藥。」

「什麼胃病啊，我這裡也有胃藥……」

「他那是處方藥，不是隨意能買到的。」李秩給她看了一瓶胃藥的模樣，「這裡的藥房有賣這種藥嗎？」

「這裡沒有藥房，得到前面加油站前的村子，才有一間藥店。」康妙珠看了看時間，「這麼晚了應該關門了吧？」

「關門了我也得把他們吵起來，不然就打一一九叫救護車吧！」

兩人爭論間，康大宏也回來了，他聽徐遙說要叫一一九，馬上阻止道，「副隊長，叫什麼救護車呢，我載你去就好啦。我是警察，喊一聲就開門了！」

「是啊是啊，讓大宏載你過去就好了，山裡晚上又黑又冷的，你又不熟路況，讓他帶你去吧！」康妙珠也知道不能再把更多人鬧過來，連忙一起勸說，大宏也拉著李秩上了車，往附近的村子駛去。

「徐老師看起來挺健康的，怎麼忽然就生病了呢？」路上，大宏還是有點懷疑的，他試探道，「是不是我們招待不周啊？」

「沒有沒有，他那是老毛病了，一遇到什麼壓力就容易發作。這次你們的案子很特殊，康警官，你就別怪我直說了，他說你們辦案方式差，刑偵設備差，連工作態度也差，來半天了連個現場都沒有去，他一焦急，胃病就發作了。」李秩說得聲情並茂，好像這批評真是徐遙說的而不是他說的，「你信不信，他待會吃過藥好一點之後，一定會吵著要去看現場？」

「哎，市區的警察就是不一樣，」大宏一邊逢迎，一邊在心中咒罵。又不是他的轄區，他管什麼閒事。

大宏把車停在路邊，藉口上廁所，打了通電話給鐘英。

「是，他非要看現場……我現在載那姓李的多繞兩圈，拖延一下時間，你們趕快把人轉移了……嗯，好的，就這樣。」

大宏掛了電話，堆起笑鑽回車裡，「不好意思，副隊長，讓你久等了。夜裡的路比較難走，我開慢點。」

李秩卻指著駕駛座方向的窗外驚呼，「咦，那裡不就有間藥房了嗎？」

「什麼？」大宏一驚，扭頭去看，脖子上傳來一陣鈍痛，他兩眼一翻，暈了過去。

孟棋山來到了大宏家的旅館，親自端了熱水到徐遙的房間，勸慰他還是先好好休息，明天再去看現場。

徐遙按著胃部，蜷縮在床上。他本來膚色就白，裝起病來頗有說服力。

他一臉歉意地說，「真不好意思，孟隊長，本該來幫忙的，卻反而給你添麻煩了。」

「別這麼說，你對我們的工作提供這麼多協助，我們也應該招待好你才對。」孟棋山巴不得他躺一天就走，「這裡說好聽些是旅遊景點，但其實就是鄉下農村，連買個藥也要跑到其他村，徐老師待不習慣也很正常。」

「讓你見笑了，但我一定會堅持到看完現場再走的，你放心吧。」徐遙靠著床頭，看似垂著眼，但鏡片下的眼睛一直注意著孟棋山的神情。

他拿來一張地圖指指點點，「現場是在小鳳山南麓對吧，那我們可以從這邊，這個叫鼓陽坳的地方過去……」

「鼓陽坳的山體有滑坡的危險，我們還是走這邊比較好。」孟棋山指了一條相反的路線，「升同坡這邊比較安全，而且那些登山客也是從這裡過來的，我們可以模擬他們的路線。」

「哦，這個鼓陽坳是個什麼地方啊，會滑坡怎麼不上報修整？」

「報了報了，但年尾了，市府做事的效率你也知道。前陣子還有些落石，村民都不過去的。」孟棋山岔開話題，「徐老師你就好好休息，明天我們一起去，我一定會仔仔細細地說一遍案件的詳情給你聽，你先安心休養……大宏還沒回來呢，我催他一下，你好好休息啊。」

孟棋山以為已經把徐遙騙過去了，便傳簡訊給鐘英。

我看著徐，你們盡快轉移。

除了鐘英，同時有兩臺手機也收到了徐遙的定位訊息。

小鳳山鼓陽坳。

——《無瞳之眼04》完

Author.風花雪悅

高寶書版集團
gobooks.com.tw

BL055

無瞳之眼04

作　　者　風花雪悅
繪　　者　BSM
編　　輯　林雨欣
校　　對　薛怡冠
美術編輯　彭裕芳
排　　版　彭立瑋

發 行 人　朱凱蕾
出　　版　三日月書版股份有限公司
　　　　　Printed in Taiwan
地　　址　臺北市內湖區洲子街88號3樓
網　　址　www.gobooks.com.tw
電　　話　(02) 27992788
電　　郵　readers@gobooks.com.tw（讀者服務部）
　　　　　pr@gobooks.com.tw（公關諮詢部）
傳　　真　出版部　(02) 27990909　行銷部 (02) 27993088
郵政劃撥　50404557
戶　　名　三日月書版股份有限公司
發　　行　英屬維京群島商高寶國際有限公司臺灣分公司
　　　　　Global Group Holdings, Ltd.
初版日期　2021年5月

國家圖書館出版品預行編目(CIP)資料

無瞳之眼 / 風花雪悅著.-- 初版. -- 臺北市：三日月書版股份有限公司出版：英屬維京群島商高寶國際有限公司臺灣分公司發行, 2021.05-
冊；　公分. --

ISBN 978-986-06233-0-7(第4冊：平裝)

857.7　　　110002836

三日月書版

三日月書版

GOBOOKS
& SITAK
GROUP©